C. F. Bürger

Der Blumensprache: neueste Deutung in poetischer und prosaischer Form

Mit 22 Blumensträußen

C. F. Bürger

Der Blumensprache: neueste Deutung in poetischer und prosaischer Form
Mit 22 Blumensträußen

ISBN/EAN: 9783743605862

Hergestellt in Europa, USA, Kanada, Australien, Japan

Cover: Foto ©Andreas Hilbeck / pixelio.de

Weitere Bücher finden Sie auf **www.hansebooks.com**

Der
Blumensprache
neueste Deutung
in
poetischer und prosaischer Form.
Mit
22 Blumensträußen,
einer Farben- und Zeichensprache
und
Aphorismen über die Liebe.

Ein Taschenbuch
der
Liebe und Freundschaft
von
C. F. Bürger.

Zehnte umgearbeitete Auflage.

Quedlinburg und Leipzig.
Verlag der Ernst'schen Buchhandlung.
1872.

Der Geliebten.

Wenn Blumen, Sträuchern, manche Deutung eigen,
Wenn in den Rosen Liebe sich entzündet,
Vergißmeinnicht im Namen schön sich kündet,
Lorbeeren — Ruhm, Cypressen — Trauer zeigen,

Wenn, wo die andern Zeugen alle schweigen,
Man doch in Farben zarten Sinn ergründet;
Wenn Stolz und Neid den Gelben sich verbindet,
Wenn Hoffnung flattert in den grünen Zweigen:

So brech' für Dich in meines Herzens Garten
Ich Blumen aller Farben, aller Arten,
Und bring' sie Dir in einen Strauß gereihet:

Dir ist ja meine Lust, mein Hoffen, Leiden,
Mein Lieben, meine Treu', mein Ruhm, mein Neiden,
Dir ist mein Leben, Dir mein Tod geweihet!

Inhalt.

Erster Theil.
Blumensprache in poetischem Gewande 5

Zweiter Theil.
Blumensprache in prosaischer Form 57

Dritter Theil.
I. Die Blumen und ihre Namen 69
II. Zwei und zwanzig Blumensträuße 71
III. Blumen-Orakel 80
IV. Blumenuhr 82
V. Farbensprache 83
VI. Deutung der Farben 85
VII. Zeichensprache 87
Allegorische Deutungen 88

Anhang.
Aphorismen über die Liebe 89

Erster Theil.

Die Blumensprache im poetischen Gewande.

Blumen wissen viel zu sagen,
Haben manch' verborg'nen Sinn,
Und des Herzens reine Liebe
War die erste Dichterin.

Salam, also heißt die Sprache,
Die daheim im Morgenland,
Wo zum Trotze schlauer Wächter
Sie geknüpft manch' süßes Band.

Aalbeere.

Dein Herz gefiel mir, als ich es kannte,
   Ich liebte Dich,
Und wenn man mir nur Deinen Namen nannte,
   So freut' ich mich.
Stets lebt in mir ein Herz voll warmer Liebe,
   Allein für Dich,
Fühlst Du mit mir die gleichen Triebe,
   Dann liebst Du mich.

Ackelei.

Ach, nur einen einz'gen Deiner
Süßen Blicke zu erjagen,
Möcht' ich dieser Erde Schönstes,
Meines Lebens Höchstes tragen.

Adonis.

Schönheit sich dem Ang' verbindet,
Herzensgüte Herzen findet.

Adonisapfel.

Ich liebe Dich, weil Du erst meinem Leben,
Was es zum Leben wirklich macht, gegeben.

Ahorn.

Dein gold'nes Haar — es locket sich;
Wie wunderbar, — es lockt auch mich.

Ahornblüthe.

Du blickst mich stumm und zornig an;
Was hab' ich Dir zu Leid gethan?

Alpenblatt.

Wenn Du auch zürnst, Geliebte! ich liebe Dich immer
und ewig
Ewig gehör' ich nur Dir, wenn Du auch freundlich nicht bist!

Akazie.

Wenn die Liebe täuscht das Herz,
Heilt die Freundschaft Deine Wunden,
Komm', vergesse Deinen Schmerz,
Denn der Freund ist Dir gefunden.

Akazienblüthe (rothe).

Theures Mädchen, hold und schön,
Wann werd' ich Dich wiederseh'n?

Akazienblüthe (weiße).

Gern will ich leben und sterben für Dich,
Dir meine Liebe zu zeigen,
Frage nur: „liebst Du ein wenig auch mich?"
Brich endlich — ach endlich Dein Schweigen.

Aloe.
Ich brach Dir Lieb' und Treu',
Nun quält mich tiefe Reu!

Aloeblüthe.
Habe ich bös an Dir gethan,
Biet' ich Dir jetzt Versöhnung an.

Alpenklee.
Komm her und laß Dich küssen,
Du wunderlieblich Kind!
Sich Engel freuen müssen,
Wenn wir vereinigt sind.

Alpenröschen.
Du bist so sanft, so still und mild,
Der Engel schönstes Ebenbild.

Alpenveilchen.
Daß Du das laute Weltgewühl
Nicht liebst, nicht nachjagst Tanz und Spiel,
Und stille Freuden höher stellst,
Das ist's, warum Du mir gefällst.

Amaranthe.
Dein Wunsch wird einst gewiß erfüllt,
Und Deine Sehnsucht ganz gestillt.

Amarille.
Ein treues Herz, ein eigner Heerd,
Ist mehr als Millionen werth,
Darum gieb Dein treues Herz für mich,
Den eigenen Heerd den gebe ich.

Amaryllis.
Du prächt'ge Blume, in des Lebens Garten,
Gieb Dich zu eigen mir, laß mich Dein warten,

Ich will Dir auch ein guter Pfleger sein,
Zum Lohne sag' mir nichts als: ich bin Dein

Anis.

Deine Augen sprühen Funken,
Ziehen mich magnetisch an,
Machen meine Seele trunken,
Wiegen mich in süßen Wahn.

Ananas.

Dein erster Kuß hat mich berauscht;
Wenn ich den zweiten eingetauscht,
Dann werde ich erst wissen,
Wie ich muß weiter küssen.

Ananaserdbeere.

Wärst Du bescheiden fern der Welt geblieben,
Dann wüßtest Du auch noch wie sonst zu lieben,
Doch seit Du die Natur von Dir entfernt,
Hast Du das Lieben durch die Kunst verlernt.

Angelika.

Es braucht es ja Niemand zu wissen,
Wenn wir uns, Du Liebliche, küssen.

Apfel.

Niemals wird es Dir gelingen
Mich vom Guten abzubringen.

Apfelblüthe.

Ach, von Hunderten kaum eine
Blüthe von den Lebensbäumen,
Darf im Glückes Sonnenscheine
Mehr als von den Früchten — träumen.

Apfelzweig.

O, sähest Du mein Herz,
Dann kenntest Du den Schmerz,

Womit Du mich erfüllst,
Weil Du mein Herz nicht willst.

Apfelsine.

Schließ Deine Liebe schön und rein,
Nicht in so bitt're Schaale ein,
Daß Deines Herzens Süße
Ich endlich ganz genieße

Aprikose.

Wenn Du in's Aug' mir blickst,
  Bin ich entzückt;
Wenn Du an's Herz mich drückst,
  Erst g a n z beglückt!

Aprikosenblatt.

Bald findest Du an meinem Herzen
Die Lind'rung aller Deiner Schmerzen.

Aprikosenblüthe.

Du süßes Herz, nur Du allein
Sollst Herrscher meines Herzens sein.

Arolsbeere.

Wahr ist's, Du bist hold und schön,
Doch die Schönheit wird vergeh'n.

Artischocke.

Ich traue Deinen Worten
Hier und an allen Orten.

Aster.

Wirst Du meiner vergessen,
Wenn ich ferne von Dir bin?
Bleib' Du mein mit Herz und Sinn?
Wirst Du meiner nicht vergessen?
Nahmst mir ja mein Herz indessen
Als ein Liebespfand dahin!

Drum wirst Du mein nicht vergessen,
Wenn ich ferne von Dir bin?

Augentrost.

Vertrau auf Gott, dann wirst Du nicht verzagen,
Denn seiner Sterne Wundersprache spricht:
Getrost kannst Du Dein Herzensleid ihm klagen,
Gott ist die Liebe ja — drum zage nicht!

Aurikel.

Fühlst Du, wie ich, der Liebe Schmerzen?
  Strebt Deine Seele auch nach mir?
  Ich sitze einsam, traurig hier,
Und fühle tief der Trennung Schmerzen.
Das tiefste Weh im bangen Herzen,
  Träum' ich von Dir, ach nur von Dir!
  Strebt Deine Seele auch nach mir?
Dann fühlst Du der Liebe Schmerzen?

Aurikelblatt.

Hold, wie die Morgenröthe
  Im jungen Lenz erwacht,
Und aus dem Blumenbeete,
  Die sanfte Rose lacht;
So wandle Du im Segen
  Und immer heitern Sinn
Auf blumenreichen Wegen
  Ein langes Leben hin.

Bachweide.

Laß des Herzens Jammer enden
Und vertraue dem Dich fest,
Der den kahlsten Felsenwänden
Blumen oft entsprießen läßt!

Baldrian.

Ich liebe Dich — so inniglich
Und dennoch, dennoch fliehst Du mich?

Balsamine.
Stolz bist Du, das sehen wir alle
Doch Hochmuth, der kommt vor dem Falle.

Balsamrose.
Sei hochbeseligt oder leide,
Theilnehmend bleibt Dir stets mein Herz;
Getheiltes Glück ist doppelt Freude,
Getheilter Schmerz ist halber Schmerz.

Bambusrohr.
Bewahrst Du Deine Unschuld rein,
Wirst du noch schön im Alter sein.

Bandgras.
Mit scharfer Zunge knüpft man Herzen nicht,
Drum denke wohl, was Deine Zunge spricht;
Willst Du ein Herz auf ewig dir verbinden,
Mußt für das Herz Du mehr als Worte finden.

Bartnelke.
Einzig nur Geschwisterliebe
Widmet Dir dies Herz,
Fordre keine andre Liebe,
Denn es macht mir Schmerz.
Ruhig kann ich Dich erscheinen,
Ruhig gehen sehn,
Deiner Augen stilles Weinen
Kann ich nicht verstehn!

Basilikum.
Was Dein sanftes Auge spricht
Ist der Liebe Hochgedicht.

Becherblume.
Zwischen Lipp'- und Kelchesrand,
Schwebt des Schicksals finstre Hand.

Beifuß.

Ich denke Dein, wenn der Erinn'rung Freude
Melodisch mir wie ferner Nachhall tönt,
Wenn sich die Gegenwart im Blüthenkleide
Bei Träumen der Vergangenheit verschönt!

Belladonna.

Verdenk' mir's nicht, daß ich Dich meide,
Da Du so falsch und ich so treu:
Denk' daß Du die geschwornen Eide,
Das Band der Liebe brachst entzwei.
Drum sprich mich frei von aller Pflicht,
Einst liebt' ich Dich — — jetzt aber nicht.

Bengelkraut.

Du denkst, ich werde Dich nehmen?
Ich habe es noch nicht im Sinn;
Ich muß mich ja Deiner schämen,
Wenn ich in Gesellschaft bin!

Berberitze.

Ich danke für das Glück, — das Du mir zugedacht,
Und weise es zurück. — Drum Liebe: „gute Nacht!"

Bergklee.

Ja, die Mutter ist's zufrieden,
Doch des Vaters hartes Wort
Zürnt dem Bunde uns'rer Herzen
Unbeweglich fort und fort.

Bergnelke.

Der holden Blume bunter Schimmer
Muß durch des Herbstes Hauch verweh'n!
Auch unser Frühling blüht nicht immer,
Drum laß ihn nutzlos nicht vergehn!
Wie Duft der Rosen und der Nelken
Verwehet in der Lüfte Spiel,

Muß Jugend, ach! so bald verwelken,
Der Blüthentage sind nicht viel.
Drum weil wir auch verwelken müssen,
Wie leider männiglich ist kund,
Laßt jetzt uns lieben, laßt uns küssen,
Sei mein mit Seele, Herz und Mund.

Betonie.

Ich malte mir das Ziel beglückter Liebe,
So himmlisch, ach! so selig aus!
Doch wurdest untreu Du dem heil'gen Triebe,
Und mich umgiebt nun Nacht und Graus.

Bilsenkraut.

Was that ich Dir, daß nun aus Deinem Blick,
Der einst verhieß des Daseins höchstes Glück,
Mir jetzt des Lebens schärfstes Gift geworden?
Dich zu erfreuen, das war Freude mir,
Dein Glück war meins, drum sag' was that ich Dir,
Daß Du mir mußtest jede Freude morden?!

Binsen.

Folge Deinem Triebe, — und traue meiner Liebe.

Birkenblatt.

Gern will ich Deinen Willen,
Du prächtig Herz, erfüllen.

Birkenreis.

Wenn mit der Geißel der Wahrheit
Ein fühlendes Herz sich vereint,
Dann wird es auch Jedem zur Klarheit,
Wie's nimmer so böse gemeint. —

Birkenzweig.

Komme, Seele meines Herzens,
Bringe Wonne mir und Lust,

Blumen, die der Lenz geboren,
Sollen schmücken Deine Brust!
Horch! der Hain erschallt von Liedern
Und die Quelle rieselt klar:
Raum ist in der kleinsten Hütte
Für ein glücklich liebend Paar.

Birne.

Wenn der Liebe Blüthen fallen,
Laß der Liebe Frucht erstehen,
Und der Liebe Frucht genießend,
Laß in Wonne uns vergehen.

Bisamblume.

Wie hast Du so arg mich gequälet,
So recht mich von Herzen betrübt,
Wohl weiß ich, Du haßtest mich niemals,
Doch hast Du auch nie mich geliebt.

Bisamrose.

Liebst Du mich, wie ich Dich,
Treu und wahr und inniglich?

Bitterklee.

Wohl ist die Wahrheit bittre Medizin,
Doch heilet sie von Eitelkeit die Herzen;
Wenn Deinem ungestümen Eigensinn
Vielleicht auch meine ernsten Worte schmerzen,
So denke — was mein Mund auch zu Dir spricht:
Mein Herz erkennt Dich, und vergißt Dein nicht!

Bittersüß.

Fühlst Du tief des Lebens Schmerzen,
O so höre, wie's im Herzen
Leise, doch vernehmlich spricht:
Gott verläßt die Seinen nicht.

Bleiwurz.

Liebchen! bist noch immer böse?
Hast Du so ein hitzig Blut?
Mußt Dir's Zürnen abgewöhnen,
Ist nicht für die Ehe gut.

Blumenkohl.

Bin ich recht fern von Dir, — ist es am liebsten mir.

Blumenmohn.

Du süße Liebesblume mein,
Ich darf Dich nicht mehr sehen?
Wie wird mir da in der Noth und Pein
Der Liebesschmerz vergehen;
Muth Herz, denn etwas blieb mir doch
Auf dieser Erde Räumen.
Kann beten ja zum Himmel noch: —
Laß mich vom Liebchen träumen!

Blutblume.

Wo ich wandle, wo ich weile,
Fühl' ich Amors scharfe Pfeile,
Und ich weihe Dir mein Herz,
Treu in Freude und in Schmerz.

Bohnenblüthe.

Deiner Küsse glühend Feuer
Machte Dir mich zum Getreuen:
Wähle mich zu Deinem Freier,
Nimmer soll es Dich gereuen!

Bolle.

Anstatt, daß Du Dich solltest nach mir sehnen,
Erpreßt Dir meine Nähe bittre Thränen.

Braut in Haaren.

Bald naht die himmlisch schöne Stunde,
Bald wird die Zeit gekommen sein,

Wo ich es hör aus Deinem Munde
Das Himmelswort: auf ewig Dein!

Brennende Liebe.

Wenn ich in Dein Auge seh',
Schwindet all' mein Leid und Weh;
Wenn ich küsse Deinen Mund,
Werd' ich ganz und gar gesund,
Lehn' ich mich an Deine Brust,
Fühl' ich höchste Himmelslust.

Brennessel.

Ei, Du stichst und brennst wie Feuer
Und verscheuchest alle Freier.

Brombeere.

Hat mancher Dorn an mir Dich auch verletzt,
Darf ich doch bitten: laß Dein Zürnen schwinden
Und schenke mir nun endlich Deine Liebe jetzt,
Dann sollst Du Rosen ohne Dornen finden.

Brotpalme.

Wirst Du, statt wilder Freuden,
Des Hauses Frieden wählen,
So wird es nie uns Beiden
An Seligkeiten fehlen.

Brunnenkresse.

O zarte Sehnsucht, süßes Hoffen,
Der ersten Liebe goldne Zeit.
Das Auge sieht den Himmel offen,
Es schweigt das Herz in Seligkeit.
O, daß sie ewig grünen bliebe
Die schöne Zeit der jungen Liebe.

Buchenreis.

Glaube mir, Bescheidenheit
Ist der Tugend schönstes Kleid.

Buchenzweig.
Du voller Sanftmuth, voller Huld,
Verzeih mir gütig meine Schuld.

Buchsbaum.
Für Gott, für Freiheit und für Dich
Geb' ich mein Leben freudiglich.

Buchwaizenblüthe.
Soll ich Dir gewogen sein,
Halt Dein Herz von Argwohn rein.

Butterblume.
Meine Habe, selbst mein Leben,
Hätt' ich für Dich hingegeben;
Doch auf all' mein Thun und Trachten
Scheinst Du nicht einmal zu achten.

Cactus.
Ach, meine Thränen fließen
Mir von den Wangen herab —
Und ach, ich kann es nicht glauben,
Daß ich Dich verloren hab'.

Calmus.
Die Liebe ist, so wie der Wein,
Berauscht sehr leicht und wird dann Pein.

Camelie.
Blick ich auch wohl nach Andern hin,
Du bleibst mir Herzenskönigin!

Cassia.
Verschwende nicht Dein Geld,
Du kommst sonst nimmer durch die Welt.

Ceder.
Strebe nicht zu hoch hinan,
Wer hoch steigt, leicht fallen kann!

Centifolie.
O schönste aller Feen, — zur Königin ersehen
In Amors Götterreich;
Dir bin ich untergeben,
Dir weih' ich Gut und Leben,
Denn Deiner Macht ist keine gleich.

Chinabaum.
In meinem tiefen Leide — bist Du nur meine Freude

Christusauge.
Aus Deinem Auge strahlt des Himmels Frieden.
O, wärest Du vom Schicksal mir beschieden!

Chinesernelke.
Mädchen mit dem rothen Mündchen,
Mit den Aeuglein süß und klar,
Du mein liebes kleines Mädchen,
Deiner denk ich immerdar!

Cichorie.
Du falsches Kätzchen, wundersüßes Mädchen!
Wie konnte mich Dein klares Auge täuschen?
Wie konnt' Dein Pfötchen mir das Herz zerfleischen?
O meines Kätzchens wunderzartes Pfötchen!
Könnt' ich Dich an die glüh'nden Lippen pressen,
Und könnt' mein Herz verbluten unterdessen!

Citrone.
Du bist so tief in Gram versenkt,
Hab' ich Dich denn vielleicht gekränkt?

Citronenblatt.

Der Trennung Schmerz wird bald vergeh'n,
Wenn wir uns glücklich wiederseh'n.

Citronengeranium.

Ich dächte doch, ich dürfte fragen,
Was Du für uns're Lieb' willst wagen!

Citronenmelisse.

Denk' ich, du Stille, an Dein ruhig Walten,
An jenes letzten Abends duft'ge Kühle,
Wo ich die theure Hand noch durfte halten.
Steh' ich oft sinnend im Gewühle;
Und wie der Schweizer heim'sche Alphornlieder
Auf fremden Bergen, fern, den Freunden allen,
Im Heimwehschmerz so trauersüß läßt schallen,
Kommt tiefe Sehnsucht plötzlich auf mich nieder!

Corallenbaum.

Glaube, Liebchen, jung gefreit,
Wird Dich nicht gereuen,
Denke drum bei guter Zeit
Ernstlich schon an's Freien.

Corneliuskirsche.

Möge des Glücks Füllhorn und glückliche, innige Freundschaft,
Liebe Dich segnen auf irdischem Pfad.
Spät erst, wenn Dir ein „Komm!"
Unsichtbare brüderlich zuflüstern,
Schwing aus der Hülle Dich, Engel empor!

Crocus.

Guckt erst der Crocus aus der braunen Erde,
Dann ruft der Frühling schon: „Es werde?"

Curcume.

Die Antwort ist entscheidend für das Leben.
Drum kann ich Dir noch keine Antwort geben.

Cyane.

Denk' oft an mich und denke dann der Stunden,
Wo wir uns an der Freundschaft Hand,
So ungesucht — und doch so treu gefunden,
Wo Dein Herz sich dem meinen eng verband.

Cypresse.

Du hast getödtet meines Glückes Leben
Als Deine Liebe Andern Du gegeben,
Nie wird das Glück mir wiederaufersteh'n,
Bis Deine Augen liebend auf mich seh'n.

Dattelpalme.

Ich wäre der Glücklichste von Allen
Dürft' ich mit Dir durch's Leben wallen.

Decemberblume.

Das Glück, das beide wir genießen,
Es mög' uns noch im Alter sprießen.

Dillblüthe.

Werd' noch lange warten müssen,
Eh' ich Dich darf offen küssen.

Diptam.

Nicht in Thälern, nicht in Höhen,
Wirst Du je mich wiedersehen;
Das geknüpfte Liebesband
Löste Deine falsche Hand.

Distel.

Unaufhörlich schmerzt die Wunde,
Die mir Deine Falschheit schlug,
Drum entflieh' ich Deiner Nähe,
Denn in ihr herrscht List und Trug.

Dorn.
Vor einem Falschen fürcht' ich mich,
Drum, wo ich kann, da meid' ich Dich.

Dornstrauch.
Greifst Du mich noch einmal an,
Ist's gewiß um Dich gethan.

Dornblüthe.
Du bezauberst alle Herzen,
Füllst sie mit der Liebe Schmerzen.

Dost.
Wird mein wahres, treues Minnen
Nie Dein zartes Herz gewinnen?

Dotterblume.
Du brauchst Dich gar nicht zu bemüh'n
In Deine Schlingen mich zu zieh'n.

Drachenbaum.
Bosheit nur und böse Lust
Toben wild in Deiner Brust.

Drachenwurz.
Du bist ein arger Bösewicht,
Drum trau' ich Dir auch ewig nicht.

Dreiblatt.
Ich bleibe Dein, verzage nicht,
Was auch der Feinde Zunge spricht.

Dreizack.
Pflanze auf in Deinem Herzen
Hoffnung, Liebe und den Glauben,
Und vergiß der herben Schmerzen,
Die des Herzens Ruhe rauben.

Ebereschenbeere.

Kennst Du ein Herz auf Erden,
Das treu und wahr Dir schlägt:
So sprich nicht von Beschwerden,
Die's Schicksal auferlegt;
Sei dann auch Sturm und Welle
Auf Deinem Pfad im Streit;
Du kennst die heil'ge Stelle
Für Deine Sicherheit.

Ebereschenzweig.

Die Liebe leite Dich auf Rosenauen,
Nur frohe Tage mög' Dein Auge schauen.

Eberreis.

Mein Herzchen, was Dein Mündchen spricht,
Verstehe ich wahrhaftig nicht.

Eibisch.

Geliebter Freund! Dir weihe
Ich meines Herzens Treue!

Eichenzweig.

Mich ruft das Vaterland zum Streit;
Die Liebe schweigt, wenn Pflicht gebeut,
Doch auf dem blut'gen Schlachtgefild
Umschwebt mich schützend stets Dein Bild!

Eierpflanze.

Nimm zum ew'gen Liebespfande
Diesen Ring jetzt von mir hin,
Unserm festgeschloss'nen Bunde
Bleib' ich treu mit Herz und Sinn!

Eisenhut.

In tiefer Waldeseinsamkeit
Genieß' ich und mein Liebchen

Des Lebens höchste Seligkeit
Im kleinen, trauten Stübchen.

Eisenkraut.
Habe Du nur guten Muth,
Endlich wird noch Alles gut.

Ehrenpreis.
Du bist meines Lebens, — meines heißen Sehnens,
Meines emf'gens Strebens — einz'ges schönes Ziel.

Endivien.
Jeder Bund der Liebe — ist erst dann verschönt,
Wenn ihn süßer Friede, — süße Eintracht krönt.

Engelwurz.
Wer Dich erblickt, — ist ganz entzückt.

Englisch Gras.
Was ich unternahm, Geliebte,
Daran ist die Liebe schuld,
Habe drum mit mir Geduld,
Wenn ich heute Dich betrübte.

Enzian.
Habe Dank, geliebtes Wesen,
Das ich mir zum Lieb erlesen.

Epheu.
Fest wie der Stamm der Eppichranke,
Umschlingt Dich liebend der Gedanke.

Erbsenblüthe.
Dein Wankelmuth erregt mir Schmerzen,
Und lastet schwer auf meinem Herzen.

Erdbeerblüthe.

Wenn Abend sich röthet, — wenn Nachtigall flötet,
Dann komme allein — zum buschigen Hain.
Dort wollen wir sprechen, — dort Rosen losbrechen,
Drum komme allein — zum buschigen Hain.

Erdbeere.

Holdes Liebchen, sag' mir an,
Wo ich heut' Dich finden kann.

Erdnüßchen.

O wie sehr will ich mich freun,
Willst Du stets die Meine sein.

Erlenlaub.

O, daß Deine Mutter brächte
Noch ein Kind zur Welt wie Dich,
Daß es doch noch einen gäbe,
Welcher litte, so wie ich!

Ernteblume.

Lieben und geliebt zu werden
Ist das höchste Glück auf Erden.

Eschenblatt.

Wer Dich, Geliebter, kennt,
Dich auch mit Achtung nennt.

Eschenzweig.

Für Deine Tugend mag zum Lohne
Dir werden eine Myrthenkrone.

Esparsette.

Ein treues Herz, das geb' ich Dir,
Gieb mir das Deine doch dafür.

Espenblatt.
Der Krug, der geht, vergiß es nicht?
So lang' zu Wasser, bis er bricht.

Espenzweig.
Mit Dir ist doch auch gar nichts anzufangen!
Wie kannst Du nur zagen und so bangen?

Ewige Blume.
Tugend und Freude — sind ewig verwandt,
Es knüpfet sie beide — ein himmlisches Band.

Farrnkraut.
Treu geliebt und still geschwiegen,
Treue Liebe spricht nicht viel,
Nur in unhörbaren Zügen
Wallt das heiligste Gefühl.

Faulbaum.
Kannst Du Dich denn gar nicht entschließen?
Ich muß nun Deine Meinung wissen.

Federnelke.
Laß mich Deine Aeuglein sehn,
Ach, die Aeuglein sind so schön!

Feige.
Drück' ich Dich an meine Brust,
Fühl' ich hohe Himmelslust.

Feigenblatt.
Ei warum versteckst Du Dich?
Sage, warum fliehst Du mich?

Feldkümmel.
Unter jenen alten Linden
Weiß die Liebe Dich zu finden!

Feldnelke.

Glühend will ich Dich umfassen,
Nimmer, nimmer von Dir lassen!

Feldröschen.

In Deiner Nähe weil' ich gern,
Du sanftes Licht, Du holber Stern.

Fenchel.

Die dunkle Laube kennst Du schon;
Dort findest Du der Liebe Lohn.

Fette Henne.

Soll ich Dich nicht haben, — mag man mich begraben.

Feuerkraut.

Kein Unfall, keine Zeit — wird rechte Liebe trennen;
Die Liebe, die vergeht, — ist Liebe nicht zu nennen!

Feuerlilie.

Für Dich hab' ich gelitten, — für Dich hab' ich gestritten,
Für Dich so viel gewagt, — für Dich so lang gezagt.
Was ist dafür mein Lohn? — Verachtung, Spott und Hohn!

Feuerrose.

Mein Auge schwimmt in Thränen,
Mein Herz verglüht in Sehen!

Fichte.

Ich harre auf Dein Urtheil mit Gedulb,
Denn ich bin wahrlich ohne alle Schuld.

Fichtenreis.

Ein solches stolzes Angesicht
Wie Deines, Kind, das lieb ich nicht.

Filzkraut.

Nimmer, nimmer fiel mir's ein,
Daß Du könntest geizig sein.

Fingerhut.

Wer dem Wort der Frauen traut,
Hat auf eitlen Sand gebaut.

Flachsblüthe.

Du bist so einfach und so schön,
Ich möchte fast vor Lieb' vergehn.

Flatterrose.

Flatterhafte Dich zu fangen,
Ist mein glühendes Verlangen.

Flieder (spanischer).

Ich folge Dir auf allen Tritten
Und werde Dich gewiß erbitten.

Flieder (blauer).

Wirst Du auch die Treue halten,
Oder wird Dein Herz erkalten?

Flieder (weißer).

Dich hab' ich auserkoren,
Dir hab' ich Treu geschworen,
Und auch nur Dir allein
Will ich mich ewig weih'n.

Flos africanus.

Für Alles — nichts; für Leben — Sterben,
Für frommes Zutraun — Trüglichkeit,
Für Glauben — Eis, für Huld — Verderben,
Das ist's, was oft die Liebe beut.

Frauenhaar.

Die Liebe liebt das Wandern,
Gott hat sie so gemacht,
Von Einer zu der Andern.
Feins Liebchen, gute Nacht!

Fuchsschwanz.

Wenn ein Blatt im Winde rauscht,
Denk' ich schon, ich bin belauscht.

Fuchsie.

Schon wieder hast Du Feindschaft angefacht
Und bösen Leumund mir gemacht!

Gänseblümchen.

Ich liebe Dich mit Herz und Sinn,
Neigt auch Dein Herz sich zu mir hin?

Gänsefuß.

Du mußt es erst beweisen, — Daß Du mich wirklich liebst,
Und für mein Herz voll Liebe — Mir treue Liebe giebst.

Gartengleiße.

Wem Gott ein holdes, süßes Weib
Zur Gattin hat gegeben:
O dreimal selig ist der Mann
Schon hier im Erdenleben.

Gartenkresse.

Glaub' nicht Allen, die Dir heucheln.
Glaub' nicht Allen, die Dir schmeicheln.

Gartenvergißmeinnicht.

Schau ich Dein holdes Angesicht,
Weiß ich, daß Treue aus Dir spricht.

Geduldkraut.

Ja es läßt sich nicht vermeiden,
Auch die Liebe bringt uns Leiden.

Geisblatt.

Alles will ich für Dich tragen,
Alles will ich für Dich wagen,
In Gefahren, groß und klein,
Werd' ich Dir zur Seite sein!

Geisrebenblüthe.

Seh ich Dich, — Freu ich mich.

Georgine.

Was Pflege kann, laß Dir die Georgine
Als redendes Exempel dienen,
Von Dir gepflanzt ist manches Leben
Auf's Neu' erblüht, das man schon aufgegeben.

Geranium.

In der Gartenlaube, — Wo die Turteltaube
Traulich liebend girrt; — Wenn der Abend winket,
Luna's Silber blinket, — Und das Pförtchen klirrt;
Empfang' ich Dich, Du Holde, — Zum süßen Minnesolde.

Gerstenähre.

Seh' ich Dich in meiner Nähe,
Wird mir wohl und wird mir weh!

Glockenblume.

Komm in den stillen Garten,
Wenn Dir die Sterne blinken
Ich werde Deiner warten,
Dir in die Arme sinken!

Gnadenkraut.

Noch bist Du unberührt und rein;
O möchtest Du es ewig sein!

Goldblume.
Von Dir ein Kuß — Ist Hochgenuß.

Goldlack.
Du hast mich nur belogen, — Belogen und betrogen.

Granatblüthe.
Zärtlich wie ein Taubenpaar,
Wandeln wir zum Traualtar.

Granate.
Wie die Granate Schönheit mit Dauer vereint,
Möchte ich immer Dich seh'n!

Granium.
Komm doch in den stillen Hain!
Dort sind wir ja ganz allein.

Grashalm.
Im Ungemach verlier die Hoffnung nicht,
Weil durch's Gewölk die Sonne schöner bricht!

Grasnelke.
Sprich, süßes Mädchen, liebst Du mich?
Ich bin der Deine ewiglich.

Grünkohl.
Der Hoffnung Grün entsprießet neu,
O, bleibe diesmal mir nur treu.

Haarmoos.
Soll im Wachen und im Schlummer
Stets mich quälen Leid und Kummer?

Hafer.
Du hattest mich ganz falsch verstanden,
Als wir uns in dem Garten fanden.

Haferwurz.

Ach wie bald, ja wie bald,
Welket Schönheit und Gestalt!
Prahlst Du gleich mit Deinen Wangen,
Die wie Milch und Rosen prangen,
Deine Schönheit welket bald!

Hahnenkamm.

Die Stolzen nur, die putzen sich,
Bescheid'ne geh'n einfältiglich.

Haselblüthe.

In Deinem Köpfchen hat der Witz,
Und zwar der schärfste, seinen Sitz.

Hanf.

Wär' es nach mir gegangen, — Wärst Du schon aufgehangen.

Hanfblüthe.

Wer Deine Tugend kennt,
Dich auch mit Achtung nennt!

Hartheu.

Schmeicheln kannst Du, wie die Katzen,
Geh', ich trau nicht Deinem Schwatzen.

Hasenöhrchen.

Ein Mädchen, das sich ziert. — Das laß ich unberührt.

Hauswurz.

Ein Jeder achtet Dich von Herzen;
Ich aber liebe Dich mit Schmerzen.

Hederich.

O, wolle doch nicht scherzen — Mit einem treuen Herzen.

Heidekraut.
Trägst Du es auch von seiner Stelle fort,
Doch blüht das Heidekraut noch da und dort,
So wird's ein immer blühend Angedenken,
Wüßt' ich Dir Besseres zu schenken.

Heidelbeere.
So frei und froh, — Ich mach's auch so.

Heidelbeerkraut.
Schwöre mir mit Herz und Mund,
Sag', beglückt Dich unser Bund?

Heliotrop.
Wir werden uns, selbst wenn uns Meere trennen,
Noch sehen, sprechen, liebend erkennen!

Hepetika.
Du hast mich überwunden, — Mich fest an Dich gebunden!

Herbstrose.
Du hast Dich mir ergeben; — Will auch nur für Dich leben.

Hexenblume.
Lug und Trug — Giebt's genug.

Himbeerblüthe.
Du warest stets beständig; — Nichts machte Dich abwendig.

Himmelsrose.
Vertraue, Liebste, mir, — Ich mein' es gut mit Dir.

Himmelsschlüssel.
Nicht länger duld' ich diese Pein;
Bald senkt man mich in's Grab hinein!

Hollunder.

Mein Rath ist wahrlich gut gemeint,
Bedenk' das Ende, lieber Freund!

Honiggras.

Ich bin ja ohne Schuld, — Drum schenk' mir Deine Huld!

Hopfen.

Ich möcht' an Deinen Lippen hangen,
Ich möchte glühend Dich umfangen. —

Hortensia.

An meinem Mund hast Du gehangen,
Hast Deine Liebe mir geweiht,
Und meinem stürmischen Verlangen
Verheißen alle Seligkeit,
Und wolltest nun mich von Dir stoßen,
Weil eine kalte Pflicht Dich drückt,
Und nimmst zurück die Liebesrosen,
Mit denen Du mich hoch beglückt? —

Huflattig.

Gefahr droht unserm Liebesbund,
Drum hüte Augen, Herz und Mund.

Hungerblümchen.

Du bist so kalt, als wie der Schnee,
Und in mir brennt ein glühend Weh.

Hyazinthe.

So nimm mich ganz, da Dein schon Herz und Seele,
Daß ich mich länger nicht in Sehnsucht quäle!

Jasmin.

Der Duft der Liebe berauschte mich,
Jetzt erst, zu spät, erkenne ich Dich.

Jehovahblümchen.

Gottes Vaterauge, — Ewig rein und klar,
Schütze uns're Liebe — Gnädig vor Gefahr.

Jelängerjelieber.

Je länger je lieber, es kam mir in Sinn,
So oft ich bei Dir gewesen bin;
Je länger je lieber hat in Worte gebracht,
Was ich da still im Herzen gedacht.

Jelängerjelieberblatt.

Tag für Tag wächst meine Liebe,
Täglich wachsen meine Triebe.

Immergrün.

An Unschuld sei der Liebe gleich
Und wie das Veilchen demuthreich,
Im Guten treu, wie Immergrün,
So wird uns wahre Liebe blüh'n.

Immortelle.

Sieh, meiner Liebe Ewigkeit
Reicht weit, weit über Zeitlichkeit,
Wird auch noch nach dem Sterben,
Im Himmel um Dich werben.

Johannisbeere.

Nimmer fiel mir's ein, — Daß falsch Du könntest sein!

Johannisbeerzweig.

Möcht' es ein jedes Lüftchen zu Dir treiben:
Dein ist mein Herz und soll es ewig bleiben!

Johannisblümchen.

Alle Heiterkeit ist hin,
Du allein liegst mir im Sinn!

Jonquille.
Hörst Du den Schweigenden nicht, so spricht Dir der Re=
bende nimmer!
Die mich von ferne versteht, fühlt sich dem Herzen
mir nah;
Bin ich mit Andern um Dich, so dünkt mir Gedächtniß
Entweihung;
Sind wir allein — o wie oft sind mir dann Worte
so fremd.

Iris.
Du schlugst mir tiefe Wunden,
Laß sie nun auch gesunden!

Judenkirsche.
Nein, ich kann Dich nimmer seh'n,
Muß Dir aus dem Wege geh'n!

Kaffeeblüthe.
Ohne Dich — Sterbe ich!

Kaiserkrone.
Könnt ich Dir eine Kaiserkrone reichen,
Ich thät es gern. Nimm sie als Blume hin.

Kamille.
Eile nicht aus meinen Armen;
Wenn sie innig Dich umschlingen,
Fühl' ich freudiges Erwarmen
Bis in's tiefste Herz mir bringen.

Kannenkraut.
Wenn Du läßt Deine Launen fahren,
Will ich Dir treu mein Herz bewahren.

Karthäusernelke.
Sei keusch wie Eis, — Doch liebeheiß.

Kartoffelblüthe.
Du gehst herum — So bleich und stumm!
Was fehlet Dir? — O sag' es mir!

Kastanienblüthe.
Schaust Du mich an mit sanftem Blick,
Fühl' ich der Liebe höchstes Glück! —

Kastanienblatt.
Liebchen, ende meinen Schmerz,
Schenke endlich mir Dein Herz.

Kirschblüthe.
Mein und Dein, — Dein und Mein
Wollen wir auf ewig sein!

Klatschrose.
Die Liebe, die Dich glücklich macht,
Die werde still von Dir bewacht.

Klee (rother).
Für Freiheit, Gott und Vaterland
Nehm' ich das blanke Schwert zur Hand.

Klee (weißer).
Laß uns fest mit Herz und Mund
Schließen unsern Freundschaftsbund.

Kleeblatt (dreiblättriges).
Ich sei, gewährt mir die Bitte,
In Eurem Bunde der Dritte.

Kleeblatt (vierblättriges).
Ich liebe Dich immer, — Ich liebe Dich heut',
Und werde Dich lieben — In Ewigkeit! —

Klette.

Ich schmiege, ich biege, ich drücke mich
An Dich, Herzensliebling, auf ewiglich!

Knoblauch.

Verlasse mich, — Ich hasse Dich!

Königskerze.

O schenk in Treue mir Dein Herz,
Dann bin ich Dein in Lust und Schmerz.

Koriander.

Traue nicht den Rosen Deiner Jugend,
Traue, Mädchen, Männerschwüren nie;
Schönheit war die Falle mancher Tugend.
Ach und tief, ja tief sank sie! —

Kornähre.

Endlich hab ich mich emporgeschwungen,
Endlich habe ich ein Amt errungen,
Jauchzend rufe ich: nun bist Du mein!
Sollst mir eine liebe Hausfrau sein.

Kornblume, s. Cyane.

Krapp.

Deine Gunst allein — Soll mein eigen sein!

Krauseminze.

Vergieb den Schmerz, — Den Leichtsinn übte,
Denk' an das Herz, — Das stets Dich liebte!

Kresse.

Präg' es Dir tief in's Herz hinein,
Ich kann die Deine nimmer sein!

Kreuzblume.

Kreuz ist ein Kraut, das, wenn man's pflegt,
Auch ohne Blüthen Früchte trägt.

Kreuzdorn.

Wenn die Erde bebt, — Wenn die Sterne fallen
Wenn der Himmel bricht — Alles kann zerfallen
  Meine Liebe nicht.

Kreuzkraut.

Wie der Wellen Schaumgeborne
Strahlest Du im Schönheitsglanz,
Ja, Du bist die Auserkorne,
Füllest mir die Seele ganz.

Krokus.

Sind Deine Eltern es zufrieden,
So ist ja unser Glück entschieden.

Kuhblume.

Ich sehe, daß ich von Dir scheiden muß,
Denn meine Nähe macht Dir nur Verdruß.

Kümmel.

Noch soll es Niemand wissen, — Daß ich und Du uns küssen.

Kürbis.

Die ganze Welt mag mich verkennen,
Darf ich Dich nur die Meine nennen.

Kürbisblüthe.

Wo Du hingehst, folg' ich Dir,
Wo Du weilst, gefällt es mir;
Senkt man Dich einst in das Grab,
Folg' auch ich Dir gern hinab.

Lattich.
Die Liebe täuscht gar oft das Herz
Und füllt es mit dem tiefsten Schmerz.

Lawendel.
Zufrieden sein mit dem, — Was Dir Dein Loos gegeben,
Dann machst Du Dir bequem — Das unbequeme Leben.

Lebensbaum.
Mein Tod und Leben ist in Deiner Hand,
Drum sei Dein Blick nicht von mir abgewandt.

Lerchenbaum.
In Deinen Blicken, — An Deiner Brust,
Find' ich Entzücken, — Selige Lust!

Levkoje (weiße).
Dein schönes Herz hat mich berückt,
Besäß' ich es, wär' ich beglückt.

Levkoje (rothe).
Daß ich hoffe, Du seist treu,
Bringet mir nun große Reu.

Lichtnelke.
Will nicht rasten, will nicht ruh'n,
Alles, Alles für Dich thun!

Lilie (blaue).
Schüchternheit ist wie der Thau
An den Blumen grüner Au.

Lilie (weiße).
Wen noch der Unschuld einfach Wesen schmückt,
Der kann beglücken und ist selbst beglückt!

Lindenblatt.

Glühendheiß sind meine Triebe,
Kalt wie Eis ist Deine Brust;
Hältst Du meine reine Liebe
Nur für rohe Sinnenlust?

Lindenblüthe.

Freund, nimm mich hin, so bieder, fest und schlicht,
Wie Du mich schon vor Jahren kanntest;
Und hintergeht Dich je mein ehrliches Gesicht,
Verklage mich einst vor dem Weltgericht,
Und spotte deß, den Du sonst redlich nanntest. —

Linsenblüthe.

Bemühe Dich nicht mehr um mich,
Denn, frei gesagt, ich hasse Dich.

Löffelkraut.

Ich habe meinen eignen Heerd,
Manch Stückchen Geld und Geldeswerth,
Nur Eines fehlt, ich fleh's von Dir,
Den Heerd und Reichthum theil' mit mir.

Lorbeerblatt.

Sei Du im Kampf nicht allzukühn,
Denn fällst Du, welk' ich auch dahin!

Lorbeer.

Achtung gegen Dich ist Pflicht,
Aber Liebe fühl' ich nicht.

Löwenmaul.

Halt Maß und Ziel, — Sprich nicht zu viel!

Löwenzahn.

Dein garstiges Betragen — Erregt nur Mißbehagen.

Lupine.

Nimmer, hoff' ich, trifft mich Reue,
Daß ich schwur Dir Lieb' und Treue.

Luzerne.

Warum bist Du doch nicht zufrieden
Mit dem, was Dir Dein Gott beschieden?

Maiblume.

Wenn mir der stille Schlummer geschlossen die Augen kaum,
So senkt Dein Bild sich leise hinein in meinen Traum.
Doch mit dem Traum des Morgens zerrinnt Dein Bild
                         nimmermehr:
Denn tief im Herzen trag ich's den ganzen Tag mit umher.

Majoran.

Du suchst mich immer zu vermeiden!
Kannst Du die Liebe denn nicht leiden?

Mais.

Spare Deine Worte, Freund,
Denn sie sind doch falsch gemeint!

Malve.

Du, Stolze, stehst so ganz allein!
Wer wollt auch bei der Dummheit sein?

Mandelblüthe.

Wie der Mond sich leuchtend dränget
Durch den dunklen Wolkenflor!
Also taucht aus Nacht und Dunkel
Mir Dein liebes Bild hervor!

Matronale.

Natur und Kunst im schönen Verein
Bewahren Dir noch den Jugendschein.

Mannstreue.

Was Du verkündest, das sucht im Leben die liebende Jungfrau!
Heil Dir, wenn sie ihn fand, wie sie gewünschet den Mann.

Mauerpfeffer.

Du kennst mich ganz, so ganz Dein eigen
Bin ich und Eins mit Deinem Sein,
Wie Bäume liebend sich verzweigen,
Und wurzeln tief in Felsen ein.

Maulbeere.

Mein Lieb, Du hast geschworen — Mir einen theuren Eid,
Du hast mich auserkoren, — Ist Dir der Schwur nicht leid?

Meerzwiebel.

Sieh Leiden nur im rechten Lichte;
Du stellst gewiß die Klagen ein.
Sie sind das Treibhaus, wo die Früchte
Der Tugend zeitlicher gedeih'n!

Melisse.

Seh' ich am Tage Dich nicht, so weilt bei Dir der Gedanke,
Und als lebend im Traum täuschet mich, Holde, Dein Bild.

Melone.

Was die Liebe giebt hienieden,
Ist ein schneller Blitz der Lust;
Doch die Treue säuselt Frieden,
Ew'gen Frieden in die Brust.

Mimose.

Du mußt nicht so empfindlich sein!
Bleibst Du's, so wird Dich Niemand frei'n.

Mohn.

Da ich im Wachen Dich nun nicht mehr sehe,
Da mir Dein Bild folgt, wenn ich schlafen gehe,

Wir kosen dann, trotz weiten Trennungsträumen,
So möcht ich nie erwachen, immer träumen.

Monatsrose.
So hast Du schon so bald vergessen,
Daß ich so lang' Dein Herz besessen,
Dein Herz so süß und falsch und klein
Muß in der That recht flattrig sein!

Moos.
Wir lieben ganz verborgen,
Ganz ohne Gram und Sorgen.

Muskathyazinthe.
Wenn Dich die Nacht des Grames schwarz umschlinget,
Dir schweres Leid das wunde Herz umschlinget,
Dann wünsch' ich, daß der Stern, der nach der Sonne steht,
Der treuen Liebe Stern, Dir niemals untergeht.

Mutterkraut.
Ich will Dich lieben und segnen,
Dich segnen viel tausend Mal,
So viel, als Sterne am Himmel,
So viel, als Blumen im Thal.

Myrthe.
Wenn, die Myrthe Dir in's Haar gewunden,
Du am Altar ewig mir verbunden,
Woll'n auf Erden schon, im Bund der Seelen,
Wir dem Glück des Himmels uns vermählen.

Nachtkerze.
Wenn die Nacht in süßer Ruh'
Längst die Müden lohnet,
Schleich' ich auf das Hüttchen zu,
Wo mein Liebchen wohnet.

Nachtviole.

Du wunbersüßes Liebchen,
Ich harr' am dunkeln Ort,
Und Du verläßt Dein Stübchen,
Nicht wahr, ich find' Dich dort?

Narzisse.

Und wenn Du mich auch betrübtest,
Du bist mein einziges Licht,
Und trüg' ich Dich nicht im Herzen,
So möcht' ich das Leben nicht.

Natterzunge.

Wenn böse Lästerzunge sticht,
Laß Dir dies zum Troste sagen:
Die schlecht'sten Früchte sind es nicht,
Welche Wespen frech benagen!

Nelke (einfache).

Was bist Du so geheimnißvoll?
Ich glaube wahrlich Du bist toll!

Nelke (doppelte).

Weinend muß mein Blick sich senken,
Durch die tiefste Seele geht
Mir ein süßes Deingedenken,
Wie ein stilles Nachtgebet.

Nelke (bunte).

Lebe wohl! der Bund der Treue
Werde nicht durch Dich entweiht;
Ich gelobe Dir auf's Neue
Liebe und Beständigkeit!

Nelke (Kaiser-).

Laß mich in Deiner Augen Spiegel
Erschauen meiner Liebe Bild.

Die mir mit namenloser Wonne,
Mit höchstem Glück das Herz erfüllt.

Nelke (Pech).

Wer Pech angreift — — Du weißt es weiter,
Drum müh' Dich nicht — ich bin gescheiter.

Nessel.

Du wunderschönes Angesicht,
Wer Dich erst kennt — verbrennt sich nicht.

Noli me tangere.

Läßt Du mich nicht sogleich allein
So werd ich mit Dir böse sein!

Nußbaum.

Sage mir, was soll ich thun?
Glaube, ich will nimmer ruh'n,
Bis ich Deinen Wunsch erfüllt,
Und die Sehnsucht Dir gestillt.

Oelzweig.

Gott möge Dich beglücken, — Dir Heil und Freude schicken.

Oleander.

Es ist mir Alles, Alles gleich;
Nur Deine Liebe macht mich reich.

Olivenblüthe.

Des Herzens frommer Frieden
Sei Dir von Gott beschieden!

Orangenblatt.

Trennt mich auch das Loos von Deiner Seite,
Meine Liebe ist Dir nimmer fern!
Wenn ich auch gar Vieles duld' und leide,
Denk' ich Deiner immer oft und gern!

Nie wird's enden, was mein Herz empfindet,
Bis mein Geist der Hülle einst entschwindet.

Palmblatt.

Du meine Seele, Du mein Herz,
Du meine Wonne, Du mein Schmerz,
Du meine Welt, in der ich lebe,
Mein Himmel Du, darin ich schwebe,
Es strahlt das süßeste Entzücken
Mir zu aus Deinen Engelsblicken.

Päonie.

So wahr die Sonne scheinet,
So wahr die Wolke weinet,
So wahr die Flamme sprüht,
So wahr der Frühling blüht;
So wahr hab' ich empfunden,
Daß ich Dich überwunden.
Du liebst mich, wie ich Dich,
Dich lieb' ich, wie Du mich!

Pantöffelchen.

Erhörst Du nicht mein treues Werben,
So will ich von Dir gehn und sterben.

Passionsblume.

Wohl dem Menschen, dem das Blut
In den Adern hüpfet;
Der, wenn wilde Stürme nahn,
Glauben, lieben, hoffen kann!

Patientia.

Leicht trägt Jeder, was er trägt,
Der Geduld zur Bürde legt.

Petersilie.

Mit ächtem deutschen Biedersinne
Fleh' ich Dich um das Glück der Minne.

Pfeffer.

Was Deine Zunge spricht,
Das brennt und beißt und sticht.

Pfefferminze.

Liebchen, bist Du nicht gescheidt?
Zürnst ob solcher Kleinigkeit!

Pfirsichblüthe.

Schön ist ein treuer Freundschaftsbund,
Doch schöner, wenn mit Herz und Mund
Zwei Liebende die Hand sich geben
Zum treuen Bund für's ganze Leben.

Pilz.

Mein Freund, wer hätte das gedacht,
Daß Du ein solches Glück gemacht?

Pflaumenblüthe.

Braucht uns're Lieb auch nicht das Licht zu scheuen,
So wollen wir uns doch im Stillen freuen.

Platane.

Du sollst mich auf die Probe stellen,
Und dann erst, Freund, ein Urtheil fällen.

Pomeranze.

Die Farbe der Hoffnung, sie kleidet Dich schön,
Ach, könnt' ich Dich immer und immer so sehn!

Primel.

Liebliche Blume!
Bist Du so frith schon
Wiedergekommen!
Sei mir gegrüßt
Primula veris!

Preißelbeere.

Zum Werke, das wir ernst bereiten,
Geziemt sich wohl ein ernstes Wort.
Drum sollst Du heute mich begleiten
An jenen stillentlegnen Ort.

Quitte.

Gewähre mir nur eine Bitte.

Quittenblüthe.

Zwar bist Du grausam, fliehst vor mir,
Doch weiß' ich treue Liebe Dir!

Radieschen.

All' Dein Klagen, all' Dein Weinen,
Will mir nicht aufrichtig scheinen!

Ranunkel.

Klagst Du ob Wechsel mich an, so täuschet Dich sicher
       die Farbe,
Denn es bleibt das Herz schuldlos, wie immer zuvor!

Raute.

Die wahre Liebe pflegt großmüthig zu verzeih'n,
Drum vergieb von Neuem, daß Zweifel ich gehegt.

Reseda.

Du bist so gut, Du bist so mild,
Du bist der Liebe wahres Bild,
O ende b'rum die süße Pein
Und laß uns beide glücklich sein!

Rettig.

Durch Dich hab ich schon manches Leid
Erlitten, manche Traurigkeit.

Rittersporn.

Höre, Freund, ich glaube fast,
Vorher hast Du keine Rast,
Bis Du mir geschadet hast!

Roggenähre.

Grausam hast Du mein Herz zerrissen, —
Ich will nichts weiter von Dir wissen! —

Rose (rothe).

Weste säuseln Deinen Namen,
Rosen zeigen mir Dein Bild,
Und die Quelle süß und mild
Spiegelt es in Blüthenrahmen,
Und in Deinen Namen schlingen
Perlen sich in Wiesengrün;
In den Sternen les' ich ihn,
Hör' ihn, wenn die Wellen klingen!

Rose (weiße).

Wo ich bin, mich rings umdunkelt
Finsterniß so dumpf und dicht.
Seit mir nicht mehr leuchtend funkelt,
Liebchen, Deiner Augen Licht.

Rose (gelbe).

Willst Du denn nicht entdecken,
Willst Du denn stets verstecken,
Was Dir das Herz zerquält?
Sag' Liebchen, was Dir fehlt?

Rosenblatt (rothes).

Bis zum Tode bin ich Dein, — Bis zum Tode bist Du mein!

Rosenblatt (weißes).

Nimmer still ich Dein Begehren,
Will von Dir nichts weiter hören.

Rosenblatt (gelbes).

Treib' ich auch mit Andern Scherz,
Dir allein gehört mein Herz.

Rosenknospe.

O könnt' ich heut' an Deinem Busen liegen
Und mich in Deinen weißen Armen wiegen!

Rosenknospe (weiße).

Bild der Unschuld ist die Rose,
Sei ihr gleich, sei — gut.
Unschuld schenkt im Wohlstand Freude
Und im Unglück Muth!

Rosenstengel.

Ich sag' es frei Dir in's Gesicht,
Ich thu' es nun und ewig nicht!

Rosmarin.

Eh' kurze vier Wochen wieder verschwinden,
Soll uns der Pfarrer am Altar verbinden!

Salat.

Einsamkeit! mein stilles Weinen
Rinnt so heiß in Deinen Schooß;
Doch Du schweigst und hast nicht einen
Seufzer für mein trübes Loos!

Salbei.

Wie die Flamme den Brand, so löschen auch Thränen die Thränen.
Freund, Du weinest mit mir? Siehe, nun wein' ich nicht mehr.

Salzkraut.

Deine Worte sind sehr beißend,
Bitter, giftig, herzzerreißend.

Sauerampfer.
Sieh, ich bitte, weine nicht!
Wenn der Hoffnung Anker bricht!

Sauerklee.
In Krankheit, in Unglück, Verfolgung und Pein,
Da werde ich immer zur Seite Dir sein!

Schafgarbe.
Liebeslust und Liebesschmerz; — Nahe Dir nur wenig.
Und dem Kopfe sei das Herz — Immer unterthänig.

Schachblume.
Wähle schön, so wirst Du zagen,
Wähle reich, so wirst Du klagen;
Wähle arm, fehlt Dir's an Brot,
Häßlichkeit vermehrt die Noth;
Nun so wähle nach Gefallen,
Hast ja noch die Wahl von Allen.

Schilfrohr.
Dein gramumhüllter, düst'rer Blick
Verkündet herbes Mißgeschick.

Schlehenblüthe.
Hüte Dich, es droht Gefahr, — Unsre Lieb' ist offenbar.

Schlüsselblume.
O, gieb den Schlüssel mir zu Deinem Herzen,
Denn sonst vergehe ich vor Liebesschmerzen.

Schneeball.
Du bist so kalt, so kalt wie Eis
Und meine Liebe ist so heiß,
Drum komm in meine Arme,
Am Herzen mir erwarme.

Schneeglöckchen.
O daß sie ewig grünen bliebe,
Die schöne Zeit der jungen Liebe;

Schnittlauch.
Wie immerfort das Herz mag widerstreben,
Es muß zuletzt der Liebe sich ergeben!

Schwertlilie (siehe Iris).

Seerose.
Die Liebe setzt das Leben ein
Wenn er das Liebchen kann befrein!

Seifenblume.
Du wandelst einen glatten Pfad,
Der Manchen schon betrogen hat.

Sellerie.
Wer mäßig wünscht, der wird erhört,
Wie täglich die Erfahrung lehrt!

Silberpappel.
Wohl bin ich reich, doch zitternd nah' ich Dir,
Und fleh', gieb Deiner Liebe Reichthum mir.

Sonnenblume.
Ich will mir ziehen einen jungen Staar,
Bis daß er spricht die Worte rein und klar,
Bis er singt durch Deine Fensterscheiben:
Dein ist mein Herz und soll es ewig bleiben.

Spanische Kresse.
Männerstolz vor Königsthronen!
Bruder, gält es Gut und Blut,
Dem Verdienste seine Kronen,
Untergang der Lügenbrut!

Spanischer Pfeffer.

Du sagst, mein liebes Kind? wohl aufgemerkt:
Durch Leiden wird der Liebe Kraft gestärkt!

Stachelbeere.

Dein Necken trifft mein Herz
Und macht mir bittern Schmerz.

Steinklee.

Alles thu' ich, Deinen Willen, — Heißgeliebte zu erfüllen!

Steinmoos.

Ob auch die Lästerzungen uns verdammen,
Wir halten fest in **treuer** Lieb' zusammen.

Sternblume.

O, laß mich, mein geliebtes Kind,
Es weht so kalt und feucht der Wind,
Laß mich in Deinen Armen,
An Deiner Brust erwarmen!

Stiefmütterchen.

Stiefmütterchen nimmt im Blumenstrauß,
Nimmt auch gemalt sich artig aus.
Tritt's wo mit Lieb' und mit Würde in's Haus,
So nimmt es sich noch viel artiger aus.

Storchschnabel.

Ich sah zum Fenster hinaus,
Da flog ein Storch über's Haus;
Was denkst Du, mein Lieb', von den Leuten,
Die sagten: es muß was bedeuten!

Steinblume.

Die Wollust kürzet Deine Tage,
Sie raubet Deinem Körper Kraft,

Und Armuth, Seuche, Schmerz und Plage
Sind Früchte dieser Leidenschaft.
Du haßt Dich selbst, wenn Du sie liebst,
Und Dich in ihre Fesseln giebst.

Strohblume (rothe).
Wo ist Deine Liebe geblieben?
Sie brannte ja lichterloh!
Sie hat sich schon aufgerieben,
Sie war ja nicht grün — sondern Stroh.

Strohblume (gelbe).
Wer die Liebe hat im Herzen,
Mit dem vollen, heißen Triebe,
Fühlt auch wohl die süße Sehnsucht,
Hinzusterben für die Liebe!

Stundenblume.
Anfangs glaubt' ich zu verzagen,
Und ich meint', ich trüg' es nie;
Dennoch hab' ich es ertragen,
Aber frage mich nicht — wie?

Sturmhut.
Es war kein Schwur, es war ein Blick,
Und drauf ein Druck der Hand,
Was gleich im ersten Augenblick
Mein Herz an Deines band.

Tacette.
Kann ich auf Dein Schweigen bauen,
Will ich Dir mich anvertrauen!

Tannenzweig.
Wer wollt in seinen Blüthentagen,
Wie Du, die Stirn voll Falten tragen?

Tamarinde.
Du hast mir meine Freuden — Verkehrt in bitt're Leiden.

Tausendgüldenkraut.
Hüte die Blicke der Aeugelein,
Sie werden Verräther des Herzens sein!

Tausendschön.
Du bist so hold und wunderschön,
Ich möchte nie mehr von Dir gehn!

Taxus.
Liebe zaubert Lustpaläste, — Treue baut ein einfach Haus;
Jene stürzen, dies hält feste — Bis in graue Zeiten aus.

Terzette.
Treu war ich immer Dir — Darum vertraue mir.

Thymian.
Fehlt edle Scham bei heißer Liebe,
So zeigt es nicht die reinsten Triebe;
Durch Scham und Sittsamkeit allein
Kann Liebe schön und reizend sein!

Todtenblume.
Nimm die Blume, die Dir trüb erzählt,
Wie Du meine Liebe todtgequält!

Thränenweide.
Wie ist mir doch mein Herz so schwer,
Wie find' ich Ruhe nimmermehr,
Seit Du mich mit dem Wort betrübt,
Dem harten! „Ich hab' Dich geliebt!"

Trespe.
Ich muß Dir offen sagen:
Du hast Dich schlecht betragen.

Tuberose.

Ade, untreu Liebchen! Ade nun für immer;
Wir scheiden als Freunde, seh'n wieder uns nimmer!

Tulpe.

Dein Aug' ergötzt der Tulpe Flor,
Doch steigt kein Duft aus ihr empor;
Sie gleicht der Jungfrau schön und zart,
An der man nie Verstand gewahrt!

Türkenbund.

Ich grüße Dich mit Herz und Mund,
Und mit der treu'sten Lieb' im Herzen,
Unlösbar ist ja unser Bund.
Nicht wahr? — Trotz bitt'rer Trennungsschmerzen.

Türkischer Weizen.

Obgleich die Mutter schimpft mit mir,
Schwör' ich doch treue Liebe Dir!

Ulmenblatt.

Komm hinab in unsern Garten
Wenn es dunkelt — laß nicht warten.

Urania.

Unübertroffen stehst Du da.

Valerina.

Du schweigst auf meine ernsten Fragen;
Darfst Du mir nicht die Wahrheit sagen?

Veilchen.

Die Liebe braucht ein Feld und einen Pflug,
Ein Halmenbach, das sie getreu verberge;
Ein Räumchen zur Umarmung weit genug,
Und einen Platz für zwei vereinte Särge.

Venuswagen.
Schlaf' wohl im engen Kämmerlein,
Und denk' in Deinen Träumen mein!

Vergißmeinnicht.
Nimm die lieben, blauen Blümchen,
Golb'nen Stern in ihrer Mitte,
Schaust Du sie, denk' ihres Namens,
Dann erfüllst Du meine Bitte.

Wachholder.
Wenn die Sternlein blinken — Um Mitternacht,
Dann werd ich Dir winken, — Drauf habe Acht.

Wachtelweizen.
Schenk' mir Dein Herz, schon längst hast Du das meine,
Bist Du mir hold, so bin ich stets der Deine!

Waizenähre.
Willst Du mir Liebe gewähren.
Dann werbe ich Dich auch ernähren.

Waldkirsche.
Ich war so wild, doch weil ich liebte Dich,
So zähmte bald die süße Liebe mich.

Waldnelke.
Ziehst Du Dich auch in Einsamkeit zurück,
Entdecke bennoch ich in Dir mein Glück.

Wallnußblatt.
Ihr schwarzen Augen, zeigt, ob Eure Gluth
Dem Herzen wohl, ob wehe sie ihm thut.
Doch daß ich dies kann aus dem Grunde wissen,
Muß ich vor allen Dingen erst euch küssen.

Wasserlilie.

Gebrochner Schwur ist mehr als Tod!
Weh dem, der Schwüre bricht!
Was Du gethan, verzeih' Dir Gott,
Ich aber kann es nicht!

Weinbeere.

Dein heißer Kuß hat mich entzückt,
Dein Liebeswort hat mich beglückt.

Weinlaub.

Genieß den Reiz des Lebens, — Man lebt ja nur einmal,
Es wink' Dir nicht vergebens — Der goldene Pokal!

Weidenzweig.

Um meine treue Liebe Dir zu zeigen,
Will Deinem Willen meinen Stolz ich beugen.

Weinrebe.

Ohne Weiber, ohne Wein — Kann ich nimmer fröhlich sein!

Weißdorn.

Kommst in ein ander Städtchen,
Hast gleich ein ander Mädchen!

Wermuth.

Reichst mir, vermischt mit Wermuth,
Der Liebe Becher hin,
Und kannst Dich dennoch wundern,
Wenn ich nun bitter bin? —

Wicke.

Hoffnung im Herzen, — Verscheuche den Kummer,
Versüße den Schlummer, — Verbann' Deine Schmerzen.

Winde.

Süß duftet die Winde und schlingt sich am Stab,
Den Deine Hand ihr sorglich gab.

Ich hätt es für mein Leben gern,
Läg' Dir des Bildes Deutung nicht fern.

Wintergrün.

Ewig grünend, ewig blühend,
Ewig für Dich, Holde, glühend,
Glücklich durch der Liebe Band,
Wandle ich an Deiner Hand
Einst in's beß're Vaterland!

Wolfskirsche.

Verlockend ist Dein Angesicht,
Doch wer Dich kennt, der traut Dir nicht!

Wolfsmilch.

Ich bin der Falschheit schrecklich feind,
Und darum flieh' ich Dich, mein Freund!

Zankkraut.

Zänkisch bist Du von Natur,
Darum zank' und streite nur!

Zehrkraut.

Durch Dich sink' ich in das Grab,
Lange vor der Zeit hinab.

Zimmet.

Ich bleibe Dein in jeder Noth,
Ich bleibe Dein bis in den Tod.

Zimmetrose.

Wie wär' es doch so schön,
Könnt' ich mit Dir recht bald
Zum Traualtare gehn!

Zwiebel.

Dein Jammern und Dein Klagen
Kann ich nicht mehr ertragen!

Zwiebelblüthe.

Es thut mir leid, daß ich Dich muß betrüben,
Ich achte Dich, doch kann ich Dich nicht lieben. —

Einige Worte über den Gebrauch.

Die vorstehende Blumensprache kann auf vielfache Weise und auch in der Art gebraucht werden, daß, wenn man dieselbe seiner Auserwählten als eine Liebesgabe schenkt, sie selbst dann im Stande ist, die ihr überreichten oder überschickten Blumen zu deuten und zu verstehen. Man kann ihr also dadurch Gedanken, Gefühle und Willens-Erklärungen auf eine feine Weise zur gegenseitigen Verständigung zu erkennen geben. Auch wenn man im Blumen-Garten die Deutung der Blumen hierin nachliest, so giebt dies Stoff zu einer recht sinnreichen Unterhaltung.

Zweiter Theil.

Die Blumensprache in prosaischer Form.

>Reich ist an Blumen die Flur;
>Doch einige sind dem Auge,
>And're dem Herzen nur schön.
>
>   Göthe.

Acacie. — In Deiner Freundschaft wird mein krankes Herz genesen.
Adonis. — Wer könnte Dir widerstehen!
Affodill. — Bald werd' ich Dir Alles offenbaren.
Agave. — Ich fürchte Dich.
Akelei. — Kühn und entschlossen, nicht fein und schüchtern muß der Mann sein, den ich lieben soll.
Albar. — Anspruchslos und bescheiden fand ich Dich immer.
Aloe. — Warum betrübst Du mich?
Aloeblüthe. — Du verscheuchst mich durch Deine Eifersucht.
Alpenröschen. — Wir werden glücklich sein.
Amaranth. — Tröste Dich mit mir.
Amarille. — Deine Schönheit blendet, erwärmt aber nicht mein Herz.
Amathiste. — Ich sehe Dich gern.
Andromeda. — Auf wen wartest Du?
Anemone. — Ich ergebe mich in Geduld.
Anis. — Laß Dich nicht betrügen.
Apfelblüthe. — Ich verstehe die Sprache Deiner Augen nicht.
Aprikosenblüthe. — Darf ich mich Dir nahen?

Aprikosenzweig. — Ich liebe Dich unaussprechlich.
Aster. — Bist Du nicht wankelmüthig?
Aurikel. — Wie ist mir so wohl in Deiner Nähe.

Bärenklau. — Wir passen nicht für einander.
Baldrian. — Hast Du Dich besonnen?
Balsamine. — Schönste Deines Geschlechts!
Balsampappel. — Tugend und Schönheit ist der köstlichste
    Verein.
Bandgras. — Laß Dich küssen!
Basilikum. — Ich strebe, Dich näher kennen zu lernen.
Beifuß. — Bleibe mir mit Freundschaft zugethan.
Belladona. — Hinweg, Du bist schrecklich.
Betanie — Warum so eitel?
Binsen. — Werden wir nie allein sein?
Birkenblatt. — Komm näher.
Bischofsmütze. — Du bist scheinheilig.
Bitterklee. — Wie bitter sind der Trennung Schmerzen.
Blattlose. — Adieu! Du bist langweilig.
Blumenmohn. — Jede Erinnerung an Dich erhebt mich über
    die Alltäglichkeiten des Lebens.
Blutblume. — Ich schwöre Dir ewige Treue.
Bocksdorn. — Entferne Dich!
Bohnenblüthe. — Wie oft habe ich Dich belauscht.
Bolle. — Warum läßt Du mich weinen?
Braut in Haaren. — Wirst Du mich immer lieben, wie jetzt?
Brennende Liebe. — Von Liebe für Dich erglüht mein Herz.
Brennessel. — Ich mag nichts mehr wissen.
Brunnenkresse. — Folge der Stimme Deines Herzens.
Buchenzweig. — Sieh', Schöne, mich zu Deinen Füßen.
Buchsbaum. — Kann nichts Deinen Starrsinn beugen.
Budleje. — Du bist mir zu läppisch.
Butterblume. — Wir sehen uns wieder.

Cactus. — Du schenkst mir nur wenige glückliche Stunden.
Camille. — Nie hast Du mich wahrhaft geliebt.
  —der. — Schönheit schwindet, bedenk' es wohl.

Christusauge. — Dein Blick erstrahlt von reiner unendlicher Liebe.
Citronenblatt. — Du hast mich verstimmt.
Corydalis. — Sei aufrichtig.
Cypresse. — Warum trauerst Du? Wir finden uns wieder — in einer Welt, wo keine Trennung ist, und Liebe ewig währt!

Dalea. — Morgen ein Mehreres.
Decemberblume. — Bewahre ein heiteres Gemüth bis in Dein spätes Alter.
Dickblatt. — Du hast mir gefallen, ich komme wieder.
Dill. — Bald wirst Du von mir hören.
Diptam. — Wie bin ich erschrocken!
Distel. — Mit uns ist's aus.
Dornenblüthe. — Tief ist der Eindruck, den Du auf mein Herz gemacht.
Dosten. — Liebe Kleine!
Dotterblume. — Sei nicht so heftig.
Drachenkopf. — Wir werden uns nie vertragen können.

Ebereschenzweig. — Sei standhaft, wenn des Lebens Stürme wüthen.
Ehrenpreis. — Alles für Dich.
Eibisch. — Ich bin gern allein; verstehst Du mich.
Eichenlaub. — Lorbeeren dem Helden — dem Liebenden der Liebe einfachen Schmuck.
Eisenhütchen. — Komm, fein Liebchen, komm zu mir in's traute Stübchen.
Eisenkraut. — Baue fest auf meine Liebe.
Eiskraut. — Wie frostig.
Endivien. — Unser Ziel ist nicht mehr fern.
Engelblume. — So schön, wie heute, erschienst Du mir nie.
Enzian. — Ich danke Dir.
Epheu. — Meine Liebe soll Dich schützen.
Erbsenblüthe. — Dein Glück kann nur das meine bestimmen.
Erdbeerblüthe. — Wann seh' ich Dich wieder, holdes Kind?

Erdrauch. — Mir wird bange.
Ernteblume. — Des Lebens Höchstes ist die Liebe.
Esparsette. — Dein Anstand ist bezaubernd.
Espe. — Es droht Gefahr, sei mir zur Seite.

Farrenkraut. — Das Liebesbündniß edler Seelen knüpft der erste Augenblick.
Federnelke. — Bewahre Deine Unschuld.
Feige. — Der Liebe süßes Glück, ich fand es nur durch Dich.
Feigbohne. — Du hast mich getäuscht.
Feldkümmel. — Was Du sagst!
Feldnelke. — Sieh' Du gefällst mir.
Feldröschen. — Willst Du mit mir gehen?
Feuerlilie. — Ich bete Dich an, Du himmlisches Wesen.
Feuernelke. — Du bist zu schön, das macht mich unruhig.
Fingerhut. — Nimm die Weiber wie sie sind.
Flammenblume. — Meine Liebe zu Dir wird nie erlöschen.
Flatterrose. — Du bist nicht zum Lieben geschaffen.
Flieder. — Laß mich nicht warten.
Flockenblume. — Unverhofft kommt oft.
Fuchsschwanz. — Sprich leise, man horcht.

Gänseblume. — Ich bin Dir gut.
Geißblatt. — Was darf ich hoffen?
Georgine. — Kann nichts, Du holde Schöne, den stolzen Sinn Dir beugen.
Glockenblume. — Klinge Glöckchen, klinge! Bring' mein Liebchen mir.
Götterblume. — Du stehst zu hoch für meine Liebe.
Goldblume. — Siehst Du Hymens Fackel brennen? Holdes Mädchen, komm geschwind! Komm, o komm, laß mein Dich nennen, eh' die goldne Zeit verrinnt.
Goldhaar. — Du willst mich zum Besten haben.
Goldlack. — Laß an mein glühend Herz Dich drücken.
Gottesauge. — Gott lebt noch; — Seele, was verzagst du doch?

Granate. — Hast Du keinen Sinn für die stillen häuslichen Freuden?
Grashalm. — Ich bitte um Antwort.
Grünkohl. — Wir wollen das Beste hoffen.

Hackenlilie. — Du bist kalt und gefühllos.
Hahnenkamm. — Wollen wir ewig im Zwiste leben?
Hauslauch. — Beseligend ist Deine Nähe.
Heidekraut. — Und wenn ich einsam wand're gedenk' ich, Liebchen, Dein.
Heidelbeerblüthe. — Ich theile Gut und Blut mit Dir.
Heliotrop. — Wo werden wir uns finden.
Halonie. — Treibe den Schmerz nicht zu weit.
Hexenblume. — Du hast mich bezaubert.
Himmelsröschen. — Ich liebe Dich als mein Leben.
Himmelsschlüsselchen. — O! könnten wir zusammen gehen den Weg zur ew'gen Liebe.
Hollunder. — Ich bin nicht was ich Dir scheine.
Honigblatt. — Du willst mich locken?
Hopfen. — Laß Dich mit heißer Liebe umfangen.
Hortensia. — Wie konntest Du mich so ganz vergessen.
Hungerblume. — Ich schmachte nach Deinem Besitz.
Hyacinthe. — Mein Herz ist Dir gewogen.

Jasmin. — Als Freundin sei mir theuer, nur fordre Liebe nicht.
Jelängerjelieber. — Je öfter mir Dein Auge strahlt, je heißer meine Liebe.
Immergrün. — Sei unsre Freundschaft.
Immortelle. — Treue bis in den Tod.
Johannisbeerzweig. — Und hätt' ich tausend Herzen, sie wären alle Dein.
Johanniskraut. — Die Zeit ist da, entschließe Dich.
Jonquille. — Tröpfle Balsam in mein wundes Herz.
Iris. — Richte mein krankes Gemüth wieder auf, Du hast es beunruhigt.

Iristuberose. — Wirst Du den nächsten Ball durch Deine Gegenwart schmücken?
Judenkirsche. — Meide mich, ich kann Deinen Blick nicht ertragen.
Iria. — Du bist die Königin im Reiche der Schönheit.

Kaffeeblüthe. — Von Dir will ich nicht scheiden.
Kaiserkrone. — Ich Sterblicher, wag es nicht, um Deine Liebe zu bitten.
Kapuzinerblume. — Entdecke mir Dein Geheimniß.
Kartoffelblüthe. — Warum so düster und lieblos?
Kassie. — Ich glaube, wir kennen uns.
Kastanienblüthe. — Nichts für ungut.
Kirschblüthe. — Liebst Du mich aufrichtig, und genügt Dir ein Herz von inniger Liebe durchdrungen, o! so reiche mir die Hand zum schönen Vereine.
Klapperkopf. — Ueberlege, was Du sprichst.
Klatschrose. — Du kennst unser Geheimniß, plaudre nicht!
Klee. — Heirathen oder nicht heirathen? das ist die Frage!
Kleeblatt. — In treuer Freundschaft wollen wir vereint durch's Leben wandeln.
Klette. — So fest geschmiegt an Deine Brust, ist wahrlich mehr, als Götterlust.
Knoblauch. — Verschone mich mit Deinen Küssen.
Königskerze. — Es lebe der König, mein Liebchen und ich, der König für Alle, mein Liebchen für mich.
Koriander. — Sei mir willkommen.
Kornähre. — Wer's Glück hat, führt die Braut nach Haus.
Kornblume. — Bewahrest Du ein reines Herz, wozu denn des äußern Schmuckes!
Kornrade. — O, daß Dein Auge der Spiegel Deines Herzens sei.
Kranichschnabel. — Laß mich zufrieden.
Krausemünze. — Wende nicht den Blick auf die trübe Vergangenheit.
Kresse. — Ich hab' es nicht böse gemeint.

Kreuzdorn. — Ich schwöre Dir ewige Treue.
Kreuzkraut. — Konntest Du an meiner Liebe zweifeln.
Krokus. — Die Sache will überlegt sein.
Kümmel. — Wir sind verrathen.
Kürbis. — Was bekümmert mich die ganze Welt, hab' ich nur Deine Liebe.
Kugelblume. — Wann werden wir beisammen sein?
Knoblume. — Prüfe mein Herz, ehe Du mich verachtest.

Lantane. — Verzage nicht.
Lauch. — Du bist betrogen.
Lavendel. — Erkläre Dich näher.
Lebensbaum. — Du entscheidest über Leben und Tod, ich lege mein Schicksal in Deine Hand.
Lebensblume. — Bedenke das Ende.
Lein. — Du versprichst mir häusliches Glück.
Levkoje (Winter-). — Meine Liebe wird nie erkalten.
Levkoje (Sommer-), — Mögen der Freuden viele und köstliche den Lebenspfad Dir schmücken.
Lichtblume. — Gieb mir Aufschluß.
Liebesapfel. — Du allein trägst die Schuld.
Lilie. — Unschuld siegt.
Lindenblüthe. — Ruhe sanft und träume süß.
Löffelblume. — Wir wollen theilen.
Lorbeer. — Bewundert hab' ich Dich stets, doch lieben kann ich Dich nie.
Lorbeerblatt. — Triumph! die Liebe hat gesiegt.
Löwenmaul. — Ich fliehe vor Dir.
Löwenschwanz. — Nimm Dich in Acht.
Lupine. — Du fragest, Schatz! wo mir's gebricht: verstehst Du meine Seufzer nicht.

Maiblume. — Wie lange schon trag' ich im Herzen o Theure! Dein liebliches Bild.
Majoran. — Bist Du unserm Geschlechte abhold?
Malve. — Dein Herz ist Eis, Dein Busen Marmor.
Mandelblüthe. — Du fesselst durch unendlichen Liebreiz.

Mannstreu. — Nimm Dir, Geliebter, ein Beispiel.
Melanthie. — Wir wollens überlegen.
Melisse. — Dein holdes Bild verläßt mich nie.
Mannskappe. — Wie könnt' ich Dir trauen.
Mohn. — Du bist eingeschlafen als ich von unsrer Liebe
       sprach, das vergeb' ich Dir nie.
Moos. — Schweigen wir still davon.
Muskatenblüthe. — Ich träumte mich im Paradies, erwacht
       — und war bei Dir.
Myrthe. — Sehnsüchtig späht mein Auge nach dem schö-
       nen Ziel unsrer Wünsche.

Nachtschatten. — Es mögen, wenn wir Küsse tauschen,
       nur die Schatten uns belauschen.
Nachtviole. — Süß ruht sichs in der Liebe Arm.
Narzisse. — Grausame, wie Du mich folterst.
Nelke. — Nach Dir nur, Du innig Geliebte, sehnt sich
       mein Herz.
Nieskraut. — Wir wollens versuchen.
Nieswurz. — Wohl bekomme Dirs.
Noli me tangere. — Wage es nicht, mich zu berühren.

Oleander. — Entzückt schlägt Dir mein Herz entgegen.
Orangenblatt. — Meine Liebe ist wahrhaft und rein, be-
       lohne sie durch Gegenliebe.
Orangenblüthe. — Die Worte, wie ich Dich liebe, spar'
       ich der Ewigkeit auf.

Pachysandro. — Sei nicht so verschlossen.
Palmblatt. — Laß uns Frieden stiften.
Pantöffelchen. — Zu Deinen Füßen lieg' ich hier, und
       schwöre Treu und — Folgsamkeit.
Pappelzweig. — Oeffne mir Dein Herz.
Papyrus. — Ich bin geduldig.
Passionsblume. — Glaube, Liebe, Hoffnung! verläßt
       mich nicht.
Patientia. — Zeit bringt Rosen.

Perlblume. — Göttin der Schönheit.
Petersilie. — Bescheidenheit erhöht Dein Verdienst
Pfeffer. — Verstehst Du keinen Spaß?
Pfefferminze. — Laß Dich nicht irre machen.
Pfirsichblüthe. — O, könnt' ich Deine Liebe gewinnen.
Pflaumenblüthe. — Du hast mich in meinen Erwartungen getäuscht.
Primel. — Zufriedenheit ist das höchste Glück.

Queckengras. — Sei mir gewogen.
Quittenblüthe. — Ewig wirst Du in meinem Herzen leben.

Rachenlilie. — Dein Benehmen ist zweideutig.
Ranunkel. — Zürne meinem Leichtsinn, nur zweifle nicht an meiner aufrichtigen Liebe.
Rasselblume. — Du beunruhigst mich.
Raute. — Kein Raum und keine Zeit kann unsre Herzen trennen.
Reseda. — Nicht die wankenden Reize der Schönheit, nur Seelengüte bestimmen meine Wahl.
Rindsauge. — Wie kannst Du Liebe von mir erwarten?
Ringelblume. — Ich weiche nicht aus meiner Bahn, will's Liebchen schon erhaschen.
Rittersporn. — Prahle nicht mit deutscher Treue.
Rose, (rothe). — Dein ist der Sieg.
Rose, (weiße). — Es öffne der Tag mir die Arme, da die Deinen mich verschmähen.
Rose (Monats-). — Erhalte die Reinheit Deines Gemüths, und Du bewahrst Dir ewige Jugend.
Rose (Moos-). — Sei, wie diese Rose, ohne Dornen, die Sanfteste Deines Geschlechts.
Rose, (wilde). — Warum entziehst Du mir Deine Liebe?
Röschen (Provinz-). — Wo werden wir uns niederlassen?
Rosenblatt. — Ja!
Rosenstengel. — Nein!
Rosmarin. — Süß ist der Liebe Lohn.

— 66 —

Safflor. — Du treibst Scherz mit der Liebe.
Salbei. — Verlaß mich nicht in trüben Stunden.
Sammetnelke. — Darf ich Deinen schönen Worten trauen?
Sauerampfer. — Du bist sehr empfindlich.
Schafgarbe. — Benutze nicht die Schwächen Deines Weibes.
Schierling. — Der Tod kann uns trennen, doch unsere Liebe ist unsterblich.
Schildkrötenblume. — So gelangen wir nie zum Ziele.
Schilf. — Ich verstehe Dich ganz.
Schlüsselblume. — Wäre sie der Schlüssel zu Deinem Herzen.
Schneeball. — Deine Kälte schreckt mich zurück.
Schneeglöckchen. — Ich habe treu an Dich gedacht, drum bin ich schon so früh erwacht.
Schneetropfen. — Mein Herz ist rein.
Schnittlauch. — Amor's Pfeilen entrinnst Du nicht.
Seidenpflanze. — Suche, so wirst Du finden.
Silberblüthe. — Das Glück will schnell ergriffen sein.
Silberpappel. — Meine Ahnung hat mich getäuscht.
Sirene. — Was trägst Du im stillen Herzen?
Siungrün. — Wie trüg' ich die Gegenwart, führte nicht die Erinnerung die schönen Bilder der Vergangenheit an mir vorüber.
Stabiosa. — Das Glück ist uns günstig.
Sonnenblume. — Wird Liebe nie dies stolze Herz besiegen?
Spanischer Pfeffer. — Auf Freud' folgt Leid.
Sperrkraut. — Sage Ja oder Nein.
Spierstaude. — Du verkennst mich.
Stachelbeere. — Du kränkst mich tief durch Deinen bittern Spott.
Stechapfel. — Traue mir, Du hast nichts zu fürchten.
Steinkraut. — Ich beharre fest auf meinem Sinn.
Sternanis. — Sei auf Deiner Hut.
Sternhyacinthe. — Hoffe! es wird uns noch wohlgehen.
Stiefmütterchen. — Grausame! warum läßt Du mich leiden?
Storchschnabel. — Erwarte, was der Himmel uns bescheert.

Strohblume. — Die Blume welkt, auch wir verblühn, nur
           unsre Liebe bleibt ewig grün.
Stundenblume. — Nenne das Stündchen mir und ich bin
           fluchs bei Dir.
Sturmhut. — Nicht so hitzig.

Tabaksblüthe. — Du erheiterst mein Gemüth.
Taubnessel. — Ich mag nicht hören.
Tausendgüldenkraut. — Ist's Wahrheit, was Dein Auge
           spricht, so trügt mich meine Hoffnung nicht.
Tausendschönchen. — Du entzückst durch tausendfache Reize.
Taxus. — Dir leb' ich, Dir sterb' ich.
Tazette. — Wie kannst Du so grausam sein?
Thränenweide. — Du betrügst mich durch ungerechten
           Argwohn.
Thymian. — Welches Opfer kann Dir meine Liebe bringen?
Tigerblume. — Du zerreißest mein Herz.
Todtenblume. — Deine Gegenwart verscheucht den Frohsinn.
Trompetenblume. — Sie verkünde Dir meine Liebe.
Tuberose. — Die Liebe droht mit Verderben.
Türkenbund. — Bist Du entschlossen, so lege Deine Hand
           in die meine.
Tulpe. — Ein Herz, das Liebe sucht, geht an der kalten
           Schönheit vorüber.

Ulmenblatt. — Blicke auf und fasse Muth.
Urularie. — Worüber denkst Du nach?

Vanillenblume. — Ich sah Dich und mein Herz war Dein.
Veilchen (blaues). — In stiller Verborgenheit soll unsere
           Liebe blühn.
Veilchen (weißes). — Wird auch was wir liebend hoffen,
           nicht als Traumbild uns entfliehn.
Veltheimie. — Ich bin verschwiegen.
Vergißmeinnicht. — Höre was das Blümchen spricht.
Vogelmilch. — Unsere Liebe ist rein, sie wird ewig dauern.

Volkameria. —! Du entzückest mein Auge und erhebst meinen Geist.
Wachholder. — Ich komme gewiß, die Liebe erhalte Dich wach.
Waid. — Zweifelst Du an der Stärke meiner Liebe?
Waizen (türkischer). — Sei gerecht in Deinem Urtheil.
Wasserlilie. — Stille Wasser sind tief.
Wegewarte. — Die Liebe soll mich leiten.
Weidenzweig. — Du hast mich beleidigt.
Weinblüthe. — Laß den Muth nicht sinken.
Weinlaub. — Unsere Stunden sind wenige, laß uns fröhlich sein.
Weißwurz. — Ich leide unverschuldet.
Wicke. — Der Gedanke an Dich belebt meine Einsamkeit.
Winde. — Deine Liebe erhält mich aufrecht.
Wintergrün. — Ich bleibe meinen Gefühlen treu.
Wolfsmilch. — Es droht uns Gefahr.

Yucke. — Du bist so schön; doch mäßige Deinen Stolz, und Du wirst auch liebenswürdig sein.

Zeitlose. — Die Blüthe geht hin, und was wir gefunden in fröhlichen Stunden, ist unser Gewinn.
Zinnie. — Der Himmel erhöre unsere Wünsche.
Zwiebelblüthe. — Deine Thränen sind nicht aufrichtig.

Dritter Theil.

I. Die Blumen und ihre Namen, oder Jedem das Seine.

Ich trage Blumen in die Stadt
 Und bring' sie passend an;
Denn auch das kleinste Blümchen hat
 Doch Sinn für Jedermann.

Da geh' ich dann von Haus zu Haus
 Mit Blumen ohne Rast;
Und finde eine stets heraus,
 Wie sich's nun g'rade paßt.

Den Schönen bring' ich in der Welt
 Nur stets die Rosen dar;
Für Weiber wird hinzugesellt
 Das Blümlein Frauenhaar.

Für Mädchen bind' ich Maßlieb ein,
 Und Männersieg zumal;
Und sollt' es eine Dumme sein,
 Heißt Gänseblum' die Wahl.

Dem Mädchen, das am Nähtisch sitzt,
 Dem bring' ich Fingerhut;
Die an dem Heerd beim Kochen schwitzt,
 Find't Löffelkraut auch'sgut.

Die an dem Theetisch niemals schweigt,
 Klatschrosen geb' ich ihr;

Die reitet und zu Pferde steigt,
  Find't **Rittersporn** bei mir.

Den faden Gecken weit und breit
  Wird **Fadenstrauch** bescheert;
Und dem, der jede Schürze frei't,
  Die **Klette** nur verehrt.

Wer blos um Geld ein Mädchen wirbt,
  Nach Gold und Gulden schaut,
Dem bring' ich **Goldlack** bis er stirbt
  Und **Tausendgüldenkraut**.

Eh'männern geb' ich **Hahnekamm**,
  Das ist schon so der Brauch;
Und ist er gar ein gutes Lamm,
  Pautoffelblumen auch

Wer als ein Held zu Felde zieht,
  Dem reich' ich **Löwenzahn**;
Wer aber zitternd feig entflieht,
  Nimmt **Fieberklee** auch an.

Den wahren Dichtern reich ich froh
  Die **Immortelle** dar;
Doch nennet sich ein Stribler so,
  Dem zeig ich **Nesseln** klar.

Mit **Stachelbeeren** wird gezahlt
  Beim Recensentenwicht;
Wenn mir mein Schuldner nicht bezahlt,
  Der kriegt **Vergißmeinnicht**.

Jedoch mir blüht zu dieser Frist
  Die schönste Blume hier,
Denn ihre güt'ge Nachsicht ist
  Die **Kaiserkrone** mir.

II. Zwei und zwanzig Blumensträuße.

Geständniß der Liebe.

Ich liebe Dich.

Ich empfand an Deiner Seite
Lebensfroh der Liebe Glück,
Immer gab mir Dein Geleite
Einen schönen Augenblick.
Bleib dann auch in ferner Weite
Eingedenk der Freundschaft Pflicht!
Dich vergessen kann ich nicht.
Der Liebe stille Kraft keimt in der Brust.

1. Strauß.
Maiblume, Eichenlaub, Braut in Haaren, Buchenzweig, Thymian.

Längst schon hab' ich im Verborgnen Dich geliebet,
   Deutsches Mädchen, drum beglücke auch den Mann,
Dessen Stirn noch keine Lorbeer zieret,
   Doch Dich liebet, wie kein Anderer es kann, —

Doch, wird Dir auch stilles Glück genügen?
   Sag, o Schönste! täuscht Du mich auch nicht?
Müßt' ich auch als Sclave vor Dir liegen,
   Glücklich wär ich, könnte niemals Dich betrügen.

2. Strauß. Sinngrün, Melisse.

Ewig währet meine treue Liebe!
   Zweifle länger nicht an meiner Treue.
Meines Herzens reine, heiße Triebe
   Werben jeden Morgen neu.

Wo ich wandle, wo ich auch nur bleibe
   Schwebt um mich Dein mir so theures Bild.
Was ich denke, was ich auch nur treibe,
   Stets bist Du es, was so mild
Mir das Herze reget. Auch auf Erden
Ist das größte Glück geliebt zu werden!

3. Strauß. Federnelke, Buchenzweig, Gänseblümchen, Feige.

Wie einfach bist Du, und wie schön und reizend,
Erscheinst Du jedem doch, wie hold und mild!
Vor Dir, Du Süße, beug ich meine Kniee
Und fleh' Dich an, Du holdes Engelsbild:

Schenk' mir Dein Herz, belohne meine Liebe,
O liebe mich! ich bin Dir herzlich gut!
Sag'! was ist schöner wohl auf Erden,
Als lieben und geliebt zu werden?

Drum öffne, Holde, süßer Freundschaft Triebe
Dein Herze, nur für Dich rinnt ja mein Blut,
Die reinste Liebe treibt mich nur zu Dir,
O, folge, theures Mädchen, folge mir!

4. Strauß. Erdbeerblüthe, Bandgras.

Lieblich Mädchen, Dein Erscheinen
  Gab mir himmlisch reine Wonne!
Willst mit dieser Du vereinen
  Dieser Erde höchstes Glück?

Gieb mir, Freundin — nimm's nicht übel,
  Weis' nicht grausam mich zurück
Mit Verdruß —
  Einen Kuß!

Geständniß der Gegenliebe.

Wohl giebt es im Leben kein süßeres Glück,
Als der Liebe Geständniß in Liebchens Blick;
Wohl giebt es im Leben nicht höhere Lust,
Als Freuden der Liebe an liebender Brust;
Dem hat nie das Leben freundlich begegnet,
Den nicht die Weihe der Liebe gesegnet!

1. Strauß.
Melisse, Taxus, Strohblume (gelbe).

Geliebter, den geheimsten Wunsch des Herzens
　Hast Du durch Deine Liebe mir erfüllt.
Längst schon warst Du nur mein Gedanke,
　Längst glüht im Busen Dein geliebtes Bild!

Ganz Dein bin ich! Dein ist mein ganzes Leben,
　Und unverwelklich sei das schöne Band
Der heißen Liebe und der ew'gen Treue,
　Was sich so hold um unsre Herzen wand.

2. Strauß. Johannisbeerzweig, Flieder (weißer).

Du liebst mich Freund! gleich süßen Engelstönen
　Dringt dieser Laut in meine Brust,
Und machte wahr, was in geheimen Stunden
　Ich träumte mit der reinsten Lust!

O glaub, Geliebter, meines Lebens Wonne!
　Die Lieb' erfüllt mein ganzes Herz.
Dein bin ich, bis von dieser Erd' geschieden
　Das treue Herz mir schwindet himmelwärts!

3. Strauß.
Taxus (oder weißer Flieder), Immergrün, Jerusalemblume.

Nimm mich hin! mit allen meinen Mängeln
　Nimmst Du auch mein Gutes an;
Neben Dir durchwandl' ich glücklich
　Bis zum Tode diese Bahn!

Nimm den freud'gen Schwur der ew'gen Treue
　Meine Lieb' ist fest und rein.
Ruhig bin ich, mag das Leben stürmen,
　Denn Du Guter bist ja mein!

Körbe und Körbchen.

Laß Dir, zum ew'gen Angedenken,
Mein theurer Freund, ein — Körbchen schenken!

1. Strauß.

Nelke (einfache), Lorbeer, Akazie.

Gerührt vernahm ich Deiner Liebe Worte,
Dein edler Geist entdeckte frei sich mir;
Doch, fordre nimmer meine Gegenliebe,
Verloren bin ich, Armer, ewig Dir!

Ich muß Dich achten, kann Dich doch nicht lieben
Und — Ehe ohne Liebe — lieber todt!
Die treue Freundschaft heil' der Liebe Wunden,
Bis auch ihr strahlt der Liebe Morgenroth.

2. Strauß.

Amarillis formos., Zwiebelblüthe, Röschen (Flatter-).

Schön erscheinst Du meinen Blicken —
   Doch das Herz bleibt kalt;
Sinnenreiz kannst Du entzücken,
   Doch der schwindet bald!
Und der Lieb' im treuen Herzen
Folgen lange, bittre Schmerzen.
   Fort! ich fliehe Dich!

Wie die Schmetterlinge eilen
   Zu den Blumen hin,
Doch auf keiner lange weilen,
   So ist Euer Sinn!
Wollt' ich Deinen Worten trauen,
Könnt' ich wahrlich! Schlösser bauen
   In die klare Luft!

Klagen über Untreue.

Schön war der Traum, der einstens mich umschwebte,
   Der sanft mir ebnete die Dornenbahn.
Doch ach! das Bild, was mir das Herz belebte,
   War nur der ersten Liebe süßer Wahn;
Auch dieser Wahn, der nur nach ihr stets strebte,
   Führt mein Auge nicht mehr himmelan!

Es ist entfloh'n, die Hoffnung ist verschwunden,
Das Herz verblutet an den Todes-Wunden!

1. Strauß.
Iris, Lindenblatt, Pattientia, Cypresse.

Warum hast Du den Herzensfrieden mir gestöret
Geliebte, strebte ich umsonst nach Deiner Liebe?
Hat Dir ein falscher Schmeichler das Herz bethöret,
Erstickt der heilg'en Freundschaft reine Triebe?
Kann Deine Hand durch treue Lieb' ich nicht erwerben,
So weiß ich doch zu dulden und — zu sterben!

Wenn dann der Tod der hoffnungslosen Liebe,
Ein Ziel dem schmerzenreichen Leben stellt:
Dann weihe, Beste! die ich ewig liebe,
Dem eine Thräne, der die öde Welt,
Den herben Dornenpfad vergnügt verlassen,
Wo Andere der Liebe Glück verprassen!

2. Strauß.
Kirschlorbeer, Trauerweide, Steinmoos, Stundenblume, Platane.

Treuloses Mädchen, Du zerbrachst mein Herz,
Kurz war mein Glück, es fand schon früh sein Grab!
O der Vergangenheit glückselg'e Stunden!
Wie seid so schnell ihr meinem Glück entschwunden?
Mit euch sank auch mein Lebensglück hinab!

Ich wähnte fest auf Deine Treu zu bauen.
Ach! meiner Liebe Glück war nur ein Traum!
Weißt Du, Treulose, nicht die Stunden,
Wo Dich Dein Treuschwur fest an mich gebunden?
Doch, was Dein Mund sprach, wußt' das Herze kaum!

3. Strauß. Silberpappel, Cypresse.

Schön war der Traum, der einstens mich umschwebte,
Der sanft mir ebnete die Dornenbahn;
Doch ach! das Bild, was mir das Herz belebte,
War nur der ersten Liebe süßer Wahn!

Er ist entfloh'n, die Hoffnung ist verschwunden,
Das Herz verblutet an den Todeswunden!

Nie kehrt ihr wieder, erster Liebe Tage,
  Nie kehrt ihr, denn gebrochen ist das Herz!
Statt süßer Worte tönt des Todes Klage,
  Und in dem Busen brennet wilder Schmerz!
Leb wohl ihr Jugendträume, laßt uns scheiden
Dort ist mein Ziel, dort enden alle Leiden!

Und wenn der Tod der hoffnungslosen Liebe
  Mit milder Hand ein ruhig Ziel gestellt:
So denke: Du brachst ihm das Herz! o bliebe
  Er, der so treu Dich liebte, auf der Welt! —
Leb glücklich, Theure! liebend, wie im Leben,
Soll Dich aus jenen Höh'n mein Geist umschweben

Rendezvous.

Wenn Mond und Stern am reinen Himmel blinken,
Werd' ich in Deine Arme, Liebchen, sinken!

1. Strauß.
Heliotrope, Glockenblume, Sinngrün.

Es sucht mein Herz Dich überall Geliebte!
  Und nur in Deiner Nähe blüht mein Glück.
Wann werd' ich heute Dich Du Theure sprechen,
Wann trifft mich Deiner Augen reiner Blick?

In dunkler Laube, im bekannten Garten,
  Erwart' ich Dich, bei trautem Mondenschein;
Dann denken wir der schön entfloh'nen Stunden,
Wo süß Du sprachst: „Geliebter ewig Dein!"

2. Strauß. Flieder (spanischer), Hopfen, Nachtviole.

Längst ist schon die Sonn' zur Ruh gegangen,
  Liebchen, komm an den bewußten Ort,

Liebend Dich, Du Holde, zu umfangen,
  Drängt es ohne Ruh mich fort und fort!

Eile zu mir mit den Abendlüften,
  Bei des Mondes trautem Schein!
Schwelgen will ich in der Blumen Düften
  Und mich, Liebchen, Deiner Reize freun!

———

Trennung.

Leb Liebchen wohl! ein wandernd Leben
  Beglückt die freie Sängerbrust,
Das Herz ist voll, des Geistes Streben
  Stärkt sich im Freien unbewußt.
Die Hand schlägt freudiger die Leier,
  Und Liebchen ist des Lenzes Held;
So würzt er jeden Tages Feier,
  So zieht er fröhlich durch die Welt!
Leb Liebchen wohl! und naht der Abend,
  Der mir bei Dir vorüber floß,
Wo mich Dein Auge traf so labend
  Und Seel' in Seele sich ergoß;
So singe freudig meine Lieder,
  Die ich nur Dir zum Preise sang,
Und kehr im Herbste ich dann wieder,
  So klopft Dir nicht das Herz so bang! — ꝛc.
(Aus: Sängers Wanderschaft von W. Neuhof.)

1. Strauß.
Lilie (blaue), Sinngrün, Vergißmeinnicht.

Vergiß mein nicht! wenn weit von Dir entfernet
  Mein Auge heiße Thränen weint!
Wenn ich mich hin zu Dir, Geliebter, träume
  Und mich mein Traum mit Dir vereint.
Vergiß mein nicht! gedenke froh der Stunden
  Der glücklichen Vergangenheit;

Vergiß nicht, daß ein Mädchen um Dich weinet,
  Das Dir ihr ganzes Herz geweiht.
Und lasse, bist Du auch in fernen Zonen,
Mein theures Bild in Deinem Herzen wohnen!

2. Strauß. Haidekraut', Rosmarin.

Leb wohl Geliebte! über Felsen, Höhen,
  Zieh' ich mit leichtem Herzen aus,
Bald werd' ich Dich ja, Theure, wiedersehen,
  Als Gattin führen aus dem Elternhaus.
Und mögen mich auch Berge von Dir trennen,
  Stets bleibt mein Herz bei Dir zurück,
In der Erinnrung Freuden tauch ich nieder,
  Genieße nochmals uns'rer Liebe Glück!

3. Strauß. Christusauge, Rosenknospe (weiße).

Schnell entflieh'n des Lebens schönste Stunden
  Schnell wird jede Freude uns getrübt!
Doch die tiefste aller Herzenswunden
  Schlägt die Trennung dem, der liebt!

Ziehe glücklich, Freund! im stillen Herzen
  Bleibt Dein Bild — es war ja immer dort!
Bleib auch ich zurück in bangen Schmerzen,
  Nimmst Du doch mein Herz mit fort!

4. Strauß. Christblume.

Lebe glücklich, laß den schönen Glauben;
  Daß die treue Freundin Deiner denkt,
Dir durch keines Schicksals Tücke. rauben,
  Wenn Dein Hoffnungsstern sich einmal senkt.
Läßt Dir das Geschick nichts mehr zu hoffen,
Komm zu mir, mein Herze steht Dir offen.

Vermischte Sträuße.

1. Strauß.
Ein Strauß (Monats-) Rosen.

Mädchen! roth sind Deine Wangen,
  Schön Dein jugendlich Gesicht..
Doch wie lange wird es prangen?
  Ewig nicht!

Kommt der Herbst mit seinen Stürmen,
  Findet manches Schöne Ruh;
Unter seinen Opfern, Freundin,
  Bist auch Du!

Drum bewahre treu die Schönheit,
  Die im reinen Busen ruht,
Ewig jung wirst Du dann bleiben,
  Schön und gut.

2. Strauß. Ebereschenzweig, Eisenkraut.

  Verzage nicht!
Mag auch das Leben heftig stürmen,
Das Schicksal Lasten auf Dich thürmen
  Verzage nicht;
  Denn bis mein Auge bricht,
  Sinkest Du nicht!

  Hab' treuen Muth!
Wir ruh'n in Gottes Vaterhänden,
Zum Guten wird er Alles wenden
  Hab' treuen Muth,
  Und auf des Lebens Fluth
  Schiffest Du gut!

3. Strauß. Kürbisblüthen.

Ach, wie selig wollt ich leben,
Wärst Du, holdes Mädchen, mein!

Selbst den goldnen Saft der Reben
Büßt' ich freudig um Dich ein.

Sei nicht grausam, holdes Liebchen,
Schlag' nicht treue Liebe aus!
Statt dem düstern kleinen Stübchen
Geb ich Dir ein großes Haus.

Und vom Abend bis zum Morgen
Freu' ich Deiner Liebe mich;
Fröhlich lebst Du ohne Sorgen,
Doch Geliebte nur — für mich.

4. **Strauß.** Ein Strauß Vergißmeinnicht (Garten-).

Sanft rieselt, Well an Well, der Bach dahin,
O könnt' er meine Grüße zu Dir tragen!
Am Himmel zieht so mancher klare Stern,
Doch keiner kann Dir meine Liebe sagen.
Doch sieh, da blickt ein Blümchen mir entgegen
Und ruft mir freundlich zu: „Komm pflücke mich,
„Send Deinem Liebchen mich; denn mehr als Worte
„Sprich meiner Farbe Sinn für Dich!

III. Blumen-Orakel.

Dieses sinnig erfundene Blumen-Orakel hat sich den Beifall vieler jungen Damen erworben.

Man legt nämlich eine beliebige Anzahl Blumen neben einander hin und giebt jeder eine Eigenschaft, die man entweder auf einen Zettel schreibt, oder im Sinne behält. Etwa auf folgende Art:

    Aglei . . . . schalkhafte,
    Amaranthe . . . . . lautere,
    Aster . . . . treue,
    Aurikel . . . . freigebige,
    Balsamine . . . . . kokette,

Cypresse	hoffende,
Eisenhütlein	zänkische,
Feuerlilie	eifersüchtige,
Goldlack	reiche,
Granatenblüthe	ehrsüchtige,
Hyacinthe	schwärmerische,
Immortellen	dankbare,
Iris	empfindliche,
Lavendel	stille Liebe,
Levkoje	friedfertige,
Lichtblume	lasterhafte,
Lilie	tugendhafte,
Lorbeere	herrische,
Malve	geizige,
Maiblume	gefallsüchtige,
Myrthe	aufopfernde,
Mohnblume	feige,
Nachtviole	schüchterne,
Narcisse	klagende,
Nelke	vertrauende,
Reseda	unterthänige,
Ringelblume	besonnene,
Rittersporn	kühne,
Rose (rothe)	feurige,
Rose (weiße)	schmachtende,
Schneeglöckchen	beharrende,
Syrene	fröhliche,
Stiefmütterchen	flatterhafte,
Tuberose	prunkende,
Tulpe	eitle,
Veilchen	heimliche.

Nun fordert man den zu Präsenden auf, eine von diesen Blumen herauszuziehen und zu verschenken, und hiernach wird der Orakelspruch gefällt.

Auf ähnliche Weise kann man auch scherzweise den Stand des künftigen Gatten wahrsagen; man denkt sich z. B. unter einer

Cyane	Landmann,
Lilie	Edelmann,
Eiche	Handwerker,
Orangenblüthe	Kaufmann,
Rose	Künstler,
Lorbeer	Dichter,
Erdbeere	Geistlichen,
Apfel	Juristen,
Cypresse	Arzt,
Tulpe	Soldaten,
Taxus	Beamten u. s. w.

und läßt die Fragende, welche mit diesen gewählten Bedeutungen ganz unbekannt sein muß, aus dieser ihr dargereichten Blumen wählen. Man nimmt hierzu natürlich lauter solche Blumen, welche gerade blühen und zur Hand sind.

IV. Blumenuhr.

Die Zeit oder die wievielste Stunde kann durch die Wahl der nachstehenden Blumen bezeichnet werden:

Ein Uhr	Gras,
Zwei Uhr	weiße Rose,
Drei Uhr	Kamelie,
Vier Uhr	Hyacinthe,
Fünf Uhr	Kornblume (Cyane),
Sechs Uhr	eine rothe und eine weiße Rose,
Sieben Uhr	Kuhblume (Löwenzahn),
Acht Uhr	Aurikel,
Neun Uhr	Fichtenreis,
Zehn Uhr	Sträußchen Veilchen,
Elf Uhr	Nelke,
Zwölf Uhr	Kleeblume.

Diese, mit einem weißen Bändchen umwunden, zeigt die Tages-, mit einem blauen die Nachtstunden an.

V. Die Farbensprache.

Die Alten stellten die vier Elemente durch nachstehende Farben vor:

Das Feuer mit Roth.
Das Wasser mit Weiß.
Die Luft mit Blau.
Die Erde mit Schwarz.

Die vier Jahreszeiten.

Den Frühling mit Grün.
Den Sommer mit Roth.
Den Herbst mit Blau.
Den Winter mit Schwarz.

Man zählt drei Hauptfarben: die rothe, blaue und gelbe. Die weiße stellt das Licht, die schwarze die Finsterniß vor. Die Farben des zweiten Ranges entstehen durch Mischung zweier Hauptfarben. Diese sind purpurroth, feuerroth, grün, violett, aschgrau, braunroth u. dgl. Das Grün bildet sich aus Gelb und Blau, das Violett aus Roth und Blau zc.

Diese Farben geben eine Menge Abarten und Verschiedenheiten; man zählt deren bis 819. Man wählt hier nur die Hauptfarben, um ihre Bedeutung zu bezeichnen. —

Weiß.

Aufrichtigkeit, Redlichkeit, Reinheit, Unschuld.

Die ägyptischen Priester, die griechischen, wie die römischen, waren weiß gekleidet. Diese Farbe deutet auch auf Fröhlichkeit, daher sich die Alten bei ihren Festen in selbe kleideten. Griechen und Römer trugen früher gleich andern Völkern als Zeichen der Trauer Schwarz, zu Zeiten des Kaiserreichs aber Weiß. — Die Aspiranten zu Magistratsstellen kleideten sich weiß und erhielten dann den Namen „Candidaten." Weiß ist immerhin die ausgesuchteste Farbe für junge Mädchen. —

Roth.
Schamhaftigkeit, Liebe, Inbrunst.

Das sogenannte Flammeum, ein Schleier, den die Gattin in der Ehe trug, war von rother Farbe, als Zeichen der Schamhaftigkeit. Nur durch Scheidung konnte die Ehe gelöst werden, daher hüllte man die Braut am Tage der Vermählung in einen rothen Schleier, als Zeichen einer günstigen Vorbedeutung.

Die Maler machten die gelbe Farbe, jene der Sonne, zum Sinnbild des Ruhmes und des Glanzes, Ceres, die Göttin der Erndten, wurde daher im gelben Kleide vorgestellt. Selbst Homer eignet der Aurora einen gelben Schleier zu. Gelb, Grün und Violett, in Verbindung, war in den Ritterzeiten ein Zeichen des vollständigen Sieges über die Geliebte; mochte es keinem der bescheidenen Krieger zu Gesicht kommen.

Blau.
Herzenserhebung. — Weisheit. — Frömmigkeit.

Blau ist die Farbe des Himmels. Juno, die Darstellerin der Luft, war stets in Himmelblau gekleidet. Auch Minerva, die Göttin der Weisheit, wurde in einem blauen Mantel abgebildet.

Schwarz.
Traurigkeit. Tod.

Das Schwarz, die Farbe der Finsterniß, gilt von jeher als Zeichen des Schmerzes und der Trauer.

Purpur.
Oberste Gewalt.

Der Mantel der römischen Kaiser war von dieser Farbe, auch Jupiter wurde in einer Kleidung von dieser Farbe als Zeichen der höchsten Gewalt abgebildet.

Rosenfarbe.

Jugend. Liebe. Zärtlichkeit.

Diese Farbe ist wohl die zarteste und annehmlichste, auch ihre Frische harmonirt mit jener einer Hebe, der Göttin der Jugend.

Grün.

Hoffnung.

Von jeher war die grüne Farbe das Sinnbild der Hoffnung, wahrscheinlich aus dem Grunde, weil das emporkeimende Grün das Vorbild schöner Tage ist, und dem Lande die Frucht folgt.

Weiß und Blau

sind die besondern der Liebe geweihten Farben.

In jenen Zeiten, in welchen sich die feinste Galantrie mit dem höchsten Muthe vereinigte, waren selbst die Farben nicht stumm; sie waren damals die öffentlichen Dolmetscher geheimer Gedanken und Empfindungen. Die Farben der Schärpe, des Helmbusches, der Binde, der Schleifen, der Federn auf den Hüten, der Bänder, der Blumen, des Flors und der Kleider überhaupt, ließ den Geliebten oder die Geliebte die Liebe oder den Haß, das Glück oder Unglück sehen. O möchten auch jetzt noch die Damen allen diesen Farben ihre verlorenen Rechte wiedergeben, diese Farben zu Rednern ihres Innern machen, und möchten sie ihnen die schon so lange verlorene bedeutungsvolle Sprache wiedergeben!

VI. Deutung der Farben.

Warum ist die Farbe der Hoffnung grün, die der Treue blau, der Unschuld weiß und der Liebe roth?

Die Farbe der Unschuld ist weiß, weil Weiß gar keine Farbe ist; die Schuldlosen wissen es gar nicht, daß sie schuldlos sind. Erst mit der Schuld kommt das Bewußtsein derselben. Ein Erdenstäubchen schon entreißt das Bewußtsein der Lilie — und die Lilie ist dann nicht Lilie mehr.

Die **Farbe der Treue ist blau**, weil der Himmel blau ist, der uns nie gelogen, der da fest stehet, wenn wir auch wanken, der immer wieder erscheint nach Wetternacht und Ungewitter in seiner ewigen treuen Reinheit. Und wenn Alles bricht, blicken wir zum Himmel empor. Dort oben, nicht unten in der Erde oder im feuchten Meer ist der Ankergrund unseres Vertrauens.

Die **Hoffnung ist grün**. Werden doch in jedem Frühling selbst die Gräber, worin die lange Hoffenden und Harrenden ruhen, grün! Spricht doch aus jedem keimenden Grashalm, jedem Blatte, jeder Knospe die Hoffnung. Der Frühling ist die Hoffnung, und die Hoffnung ein ewiger Frühling. Noah's Taube brachte das **grüne Oelblatt und mit ihm die Hoffnung**. Jeder Frühling ist für uns eine Noahstaube. Und ich glaube, die Todten in den Gräbern wissen das ganz gut, und wenn der Lenz seine Flügel regt und die warmen Lüfte über die Erde ziehen: da pocht ihr Herz, ihr Leben pulsirt, sie fühlen es, daß es warm wird über ihnen, daß die Lerchen singen und die Schwalben schwärmen, und sie treiben aus ihrer Brust Gräser und Halme empor zum Sonnenlichte und zeigen uns, daß sie lebendig sind im Tode.

Das ist die Auferstehung, die sie uns verkünbigen. Warum freut sich da das Menschenauge, wenn die Bäume grünen, wenn die Primeln aus der Erde steigen? Mit dem Auge freut sich auch das Menschenherz, und das Menschenherz ist etwas Großes, Gewaltiges, das die geheime Sprache des Weltgeistes versteht.

Warum ist die **Farbe der Liebe roth**?

Weil das **Herzblut roth** ist und weil nur ein Mensch, der ein treues, glaubendes Herz hat, wahrhaft lieben kann. Jede Blutwelle ist dann ein Puls der Liebe und jeder Herzschlag eine Ahnung der Unsterblichkeit. Und wenn die Sonne untergeht, so küßt sie mit purpurnen Lippen noch zum Abschied die Erde, die sie liebt; denn sie segnet, befruchtet, ernährt sie. Und wenn die Sonne aufgeht, so küßt sie im Morgenroth mit denselben purpurnen Lippen ihre theure Erde. Wir nennen das Abend- und Morgenroth! aber es ist nur die Liebe, die gewaltige Liebe, welche die Sonne offenbaret im Geiste des Herrn!

VII. Zeichensprache.

Wenn ein Herr mit seiner Schönen unmöglich mündlich reden kann, was er will, sondern nur durch das Fenster sie sieht und doch mit ihr sprechen wollte, so gebrauche er diese Zeichensprache, indem er sich bald hier, bald dorthin greift, je nachdem er einen Buchstaben nöthig hat; oder bediene sich der Farbensprache, indem er seiner Schönen die Farben, welche er gebraucht, zeigt, und zwar eine nach der andern. Es will z. B. ein Herr das Wort „Holde" in der Zeichensprache sagen, so nehme er sein **Haar** in die Hand, welches H bedeutet; dann greife er an sein **Ohr**, welches O ist; dann an die **Lippe**, L; dann an den **Daumen**, D; und endlich an den **Ellenbogen**, welches E ist; und so hätte er das Wort in der Zeichensprache geredet.

Beispiele.

Auge	ist A.	Die Hände flach übereinander	ist K.
Brust	— B.	Lippe	— L.
C bildet man mit dem Zeigefinger und Daumen nach		Mund	— M.
		Nase	— N.
Daumen	— D.	Ohr	— O.
Ellenbogen	— E.	Puls	— P.
Faust	— F.	Die linke flache Hand gezeigt	— Q.
Gurgel	— G.		
Haar	— H.	Rock	— R.
Der Mittelfinger	— J.	Seite	— S.

Schultern	ist Sch.		Wangen	ist W.
Stirn	— St.		Das X bilde man	
Schläfe (Tempes, les)	— T.		mit zwei Fingern	
Die Hände gefaltet	— U.		nach	
Die rechte flache Hand gezeigt	— W.		Zunge	— Z.

Allegorische Deutungen.

Ein kleiner Stein	Nein!
Ein Stückchen Draht	Deine Frage ist bejaht.
Haar vom Tiger	Ein kleiner Krieger.
Haar der Gazelle	An welcher Stelle?
Büschel von Haaren	Du sollst's erfahren.
Kreide	Meide!
Korallen	Kannst mir gefallen.
Feder vom Raben	Ich muß Dich haben.
Feder vom Papageien	Mußt mich befreien.
Blei	Ich bin dabei.
Rosenfarb'	Die Freude starb.
Seide	Ich leide.
Blau	Nimms nicht genau.
Gold	Ich bin Dir hold.
Leder	Gebrauch die Feder.
Papier	Schreib mir.
Ein Faden	Bist eingeladen.
Ein Zweig	Mach keinen Streich.
Strauß	Ich bin zu Haus.
Kalk	Bist ein Schalk.
Kohlen	Mag der ††† Dich holen.
Beeren	Will's verwehren.

Anhang.

Aphorismen über die Liebe.

Das Bewußtsein der Liebe ist am Ende nichts als ein Glaube an die Person, welche man liebt.

Beim Manne herrscht in der Regel der Geist, beim Weibe das Herz vor. Ersterer ist aus einem Dur-, letzteres aus einem Moll-Accorde gebaut.

In der Regel, sage ich, doch keine Regel ohne Ausnahme. — Die Schattirungen des Geistes, oder besser, die Nüancirungen seiner Farbe, nennt man in der Regel Verstand, Vernunft, Wille.

Ich würde sagen, man theile sie in Speculations-, Ueberzeugungs- und Schlagfarben (Drucker.). Doch es kommt ziemlich auf Eins.

Während die Farben des Herzens meist verschwimmen oder in Aether und Nebel dahinziehen, wie der Mond, — weich und matt begrenzt, sind die Farben des Geistes grell, wie die Blitze in dunkler Gewitternacht.

Wenn zwei Menschen zusammenkommen, wo Herz und Geist mit einander stimmen, haben wir den vollen Accord. Aus ihm läßt sich die Melodie entwickeln und diese Uebereinstimmung ist die Harmonie.

Keine aller spätern Harmonien reicht in Klarheit, Würde und Kraft an den Uraccord, — an die erste Harmonie — wie auch keine Liebe, der ersten gleich wird. — Sie ist von Gott gegeben und (was man nicht mit dem eben Gesagten vermengen darf) der Grundbegriff des ersten Tonreichs, das Duo.

Es giebt kein ander Geschick, als was der Mensch sich selbst gegründet, so wie es keine andere Stellung giebt, als sich der Mensch sie bildet. — Freilich meine ich hier die innere und nicht die äußere.

Offen gestanden, ist die äußere Stellung des Menschen nur ein Vorurtheil, d. h. als äußere an und für sich und wird erst durch die innere bedingt und begründet. — Menschen, die den gehörigen Kern haben, werden in deren Stellung ein Ansehen erhalten, welches sie über ihre äußere erhebt — während kernlose von selbst unter das Niveau sinken, auf dem sie eigentlich sein sollten. — Das ist wieder ein Gegensatz zu den physikalischen Gesetzen, wo die Schwimmer alle leicht sind, — und auf der andern Seite doch eine Bestätigung, denn irgendwo steht geschrieben, die Crème*) schwimme oben auf, weil — sie eben leichter sei.

Doch dieser Widerspruch ist nur scheinbar.

Die Crème hat keine geistige Schwere. — Sie ist, wie der Schaum auf der Sahne, — um ein Gleichniß aus der Küche zu holen......

Die Perlen des Champagners dagegen steigen von unten auf — sie sind ein geistiges Fluidum.

Vielleicht klingt das parodox (sich selbst widersprechend) — und doch klingt's uns blos so.

Wer enträthselt das Wesen der Liebe, wo blitzende Funken aus den Augen sprühen, wo Natur und Alles um uns in schönerem Glanze sich zeigt? Da ist das Göttliche im Menschen aufgegangen, denn die Liebe ist geweiht worden durch die ausgestreckte Hand von Oben.

Nun ist ihr Name eingetragen in das Buch des Lebens und ihre Natur himmlisch worden, weil es nicht eitle Er-

---

*) Anmerk.. Crème, der bloßen Uebersetzung nach, heißt: Sahne oder Milchrahm, hier sind aber im Wortspiele die Vornehmsten in der Gesellschaft, die sich gern selbst die Crème (Gesellschaft nennen, gemeint.

benlust war, die mich nach ihr trieb, sondern das heiße Verlangen nach Geistesgemeinschaft, das hier unten keine Ruhe hat. Wer soll stören den Bund oder ihn brechen, worüber die ewige Liebe den Segen gesprochen? Wer Zwietracht säen ins Feld, wo nur der Eintracht und des Lebens hohe Blumen sprießen?

So halte ich fest in beiden Armen die Liebe! Der Staub mag keine Fesseln mehr an mich legen; sie sind gesprengt einmal und auf ewig? Aber nach Oben, nach Oben trage ich Alles, was mir lieb ist, in den Schoß der reinsten Liebe! — Unsere Pläne müssen hierbei dem göttlichen Willen angemessen, unser Wille in den göttlichen ganz übergegangen sein, dadurch werden wir erst stark in der Liebe und dann werden wir ewig lieben und geliebt werden, wie unsere Herzen es verlangen.

Lieder der Liebe.

Du meine Seele, Du mein Herz.

Du meine Seele, Du mein Herz,
Du meine Wonne, o Du mein Schmerz,
Du meine Seele, in der ich lebe,
Mein Himmel Du, darin ich schwebe,
O Du mein Grab, in das hinab
Ich ewig meinen Kummer gab!

Du bist die Ruh', Du bist der Frieden,
Du bist vom Himmel mir beschieden!
Daß Du mich liebst, macht mich mir werth,
Dein Blick hat mich vor mir verklärt;
Du hebst mich liebend über mich,
Mein guter Geist, mein beſſ'res Ich!

Du meine Seele, Du mein Herz,
Du meine Wonne, o Du mein Schmerz,
Du meine Welt, in der ich lebe,
Mein Himmel Du, darin ich schwebe,
Mein guter Geist, mein beſſ'res Ich!

Friedr. Rückert.

Liebe.

Wenn die Sonne hoch und heiter
Lächelt, wenn der Tag sich neigt,
Liebe, bleibt die goldne Leiter,
D'rauf das Herz zum Himmel steigt.

Ob der Jüngling sie empfinde,
Den es zur Geliebten zieht,
Ob die Mutter sie dem Kinde
Sing' als süßes Morgenlied.

Ob der Freund dem Freund sie spende,
Den er fest im Arme hält.
Ob der hohe Greis sie wende
Auf den weiten Kreis der Welt;

Ob der Heimath sie der Streiter
Zolle, wenn er wund sich neigt;
Liebe bleibt die goldne Leiter,
D'rauf das Herz zum Himmel steigt.

Geibel.

Liebe und Leid.

Aus dem Leid erblüht die Liebe,
Aus dem Schmerze keimt das Lied,
Das wie leise, stille Klage
Aus der Seele aufwärts zieht.

Als die Stirn Dir Freude kränzte
Schlummerte für Dich mein Herz;
Doch es schlug Dir laut entgegen,
Als Dich Gram umfing und Schmerz.

Aus dem Leib erblüht die Liebe,
Und in Treue sind vereint,
Die des Schmerzens bittre Zähre
Aug' in Auge still geweint.

Brautgesang der Blumen.

Sie saß allein, der Liebste war weit,
Sie träumte von ihrer seligsten Zeit,
Wenn endlich erfüllt das heiße Verlangen,
An ihm mit ganzer Seele zu hangen.

Da schmettert die Lerche im Sonnenstrahl,
Da schallt es jubelnd von Berg und Thal,
Und die Blumen flüstern so heimlich, so mild,
Am klopfenden Herzen, von Liebe erfüllt:

„Wenn wir wieder kommen und wieder blühn,
Soll die Myrthe mit uns zum Feste ziehn;
Sie soll die Krone auf's Haupt dir drücken,
Wir wollen den Busen dir bräutlich schmücken!"

„Wenn wir wiederkommen im Frühlingsschein,
Und wieder duften im bunten Verein,
Dann küssen wir dich, du holde Braut,
Die uns mit Thränen der Wonne bethaut!"

Jean Richard.

Ruhe in der Geliebten.

So laß mich sitzen ohne Ende,
So laß mich sitzen für und für!
Leg' Deine beiden frommen Hände
Auf die erhitzte Stirne mir!
Auf meinem Knie zu Deinen Füßen
Da laß mich ruhn in trunkner Lust,
Laß mich das Auge selig schließen
In Deinem Arm, an Deiner Brust.

Laß es mich öffnen nur dem Schimmer,
Der Deines wunderbar erhellt;
In dem ich raste nun für immer,
O Du mein Leben, meine Welt!
Laß es mich öffnen nur der Thräne,
Die brennendheiß sich ihm entringt,
Die hell und lustig, eh' ich's wähne,
Durch die geschloss'ne Wimper springt.

So bin ich fromm, so bin ich
 stille!
So bin ich sanft, so bin ich gut!
Ich habe Dich — das ist die Fülle!
Ich habe Dich — mein Wünschen
 ruht!
Dein Arm ist meiner Unrast Wiege
Vom Mohn der Liebe süß umblüht;
Und jeder Deiner Athemzüge
Haucht mir ins Herz ein Schlum=
 merlied!

Und jeder ist für mich ein Le=
 ben! —
Ha, so zu rasten Tag für Tag!
Zu lauschen so mit sel'gem Beben
Auf unsrer Herzen Wechselschlag!
In unsrer Liebe Nacht versunken,
Sind wir entflohn aus Welt und
 Zeit:
Wir ruhn und träumen, wir sind
 trunken
In seliger Verschollenheit.

Die Lerche war's, nicht die Nachtigall.

 Die Lerche war's, nicht die Nachtigall,
Die laut und schmetternd geschlagen,
O horch, Geliebte, uns mahnt der Schall,
Schon tagen will es, ach tagen
O komm, noch einen Kuß mir gieb,
Nicht länger darf ich weilen,
Leb' wohl, mein Lieb', mein einzig Lieb',
Ich muß von dannen eilen!

 Geliebter es war die Nachtigall,
Noch dämmert nicht der Morgen,
O, ruhe bei ihrem süßen Schall
In meinem Arme geborgen.
Noch liegen die Nebel auf der Flur,
Noch fällt der Thau auf die Saaten,
Noch säuselt der Nachtwind, noch ruht die Natur,
Uns wird die Nacht nicht verrathen.

 Du Liebe, du Süße, die Lerche sang,
Die hoch sich gen Himmel geschwungen,
Mir ist ihr Lied, das schmetternd erklang,
Wehmüthig in's Herz gedrungen.
Sie ruft den Pflüger hinaus auf's Feld,
Und die Hähne beginnen zu krähen,
Der Morgenstern flimmert am Himmelszelt,
Süßliebchen, o laß mich gehen.

 Mein Holder, mein Trauter, die Nachtigall schlägt,
Noch leuchtet der Mond hoch am Himmel,
Noch trägt er, vom tiefen Azur umhegt,
Der Sterne reiches Gewimmel.
O bleibe, o weile, noch hat nicht die Nacht
Der Strahl der Sonne vertrieben,
Noch deckt des Himmels bemantene Pracht
Der Seelen hochherziges Lieben.

So laß mich denn weilen Nacht und Tag
In Deinem Arme, Du Holde,
Wenn auch die Sonne erscheinen mag
In ihrem strahlenden Golde.
Uns locke flötend die Nachtigall,
Die Lerche soll für uns schlagen,
Und schöner soll stets bei ihrem Schall
Der Stern der Liebe uns tagen.
Heinrich Zeise.

Vereinigung.

So halt' ich endlich Dich umfangen,
In süßes Schweigen starb das Wort,
Und meine trunk'nen Lippen hangen
An Deinen Lippen fort und fort.

Was nur das Glück vermag zu geben,
In sel'ger Fülle ist es mein:
Ich habe Dich, geliebtes Leben,
Was braucht es mehr, als Dich allein!

O, decke jetzt des Schicksals Wille
Mit Nacht die Welt und ihre Zier,
Und nur Dein Auge schwebe stille,
Ein blauer Himmel über mir.

Gebrochenes Herz.

Die Rosen und die Nelken,
Und Flieder und Jasmin,
Die müssen wohl verwelken,
Und müssen wohl verblühn.

Die Lieb' ist Gab' und Güte,
Die Lieb' ist keine Pflicht,
Die Lieb' ist eine Blüthe —
Verblüht und bleibet nicht!

Die Rosen und der Flieder,
Und Nelken und Jasmin,
Die kommen alle wieder
Und werden wieder blühn.

Nur nicht die Lieb' und Treue,
Wenn sie verloren ist!
Und keimt kein Herz auf's neue,
Das schon gebrochen ist!
O. F. Gruppe.

Abschied.

Das gelbe Laub erzittert,
Es fallen die Blätter herab,
Ach, Alles was süß und lieblich,
Verwelkt und sinkt in's Grab.

Die Wipfel des Waldes umstimmert
Ein schmerzlicher Sonnenschein,
Das mögen die letzten Küsse
Des sterbenden Sommers sein.

Mir ist's, als müßt' ich weinen.
Aus tiefstem Herzensgrund.
Das Bild erinnert mich wieder
An unsre Abschiedsstund'.

Ich mußte Dich verlassen
Und wußte Du stürbest bald,
Ich war der scheidende Sommer,
Du warst der sterbende Wald.

H. Heine.

Halle.
Druck von Otto Hendel.